L'ATTAQUE DES SQUELETTES

MINECRAFT ACADEMY

WINTER MORGAN

L'ATTAQUE DES SQUELETTES

Traduit par Valérie Drouet.

hachette
ROMANS

CHAPITRE 1

ERREUR DE POTION

— Vous aurez besoin d'une fiole pour cette activité. Commencez par la remplir d'eau, expliqua l'enseignante.

Lucy regarda nerveusement autour d'elle. Elle avait la fiole, pas l'eau. Il lui faudrait aussi un chaudron. Elle parcourut rapidement son inventaire en quête de lingot de fer pour en fabriquer un, sans grande conviction. Elle savait qu'elle manquait cruellement de ressources. Lucy revérifia par sécurité, mais ses craintes étaient fondées : elle n'avait pas de fer.

Lucy avait passé ses vacances à chasser des trésors avec ses amis, Henry et Max. Elle avait utilisé une grande partie des ressources qu'elle possédait et n'avait pas eu le temps de les remplacer – la chasse au trésor avait pris plus de temps que prévu, et Lucy était arrivée de justesse pour le début du semestre.

Lucy ne voulait pas que le professeur pense qu'elle n'était pas préparée. Elle regarda autour d'elle, espérant qu'un camarade l'aide en la voyant dans le pétrin, mais tous s'affairaient à remplir leurs fioles sans lui prêter attention.

— Lucy, ne retarde pas la classe. Je veux te voir remplir ta fiole. Où est ton chaudron ? l'interpella le professeur.

— Euh… bafouilla Lucy, le cœur battant.

— Oui ?

L'enseignante mit les mains sur ses hanches et la toisa avec sévérité.

La jeune fille n'avait rien à dire. Elle n'osait pas regarder son professeur, préférant fixer sa fiole dans l'espoir qu'elle se remplisse d'eau toute seule.

C'est à ce moment qu'elle entendit une voix :

— Son chaudron est juste ici.

Lucy se retourna et aperçut Jane avec un chaudron fraîchement fabriqué. Dans un soupir de soulagement, Lucy acquiesça et s'en approcha pour remplir sa fiole d'eau.

— Merci, murmura-t-elle à Jane.

— Les amis, ça sert à ça, répondit Jane en souriant.

— Parfait. Nous pouvons continuer, poursuivit l'enseignante. Prenez des verrues du Nether dans votre inventaire.

Lucy était soulagée. C'était l'une des rares choses dont elle ne manquait pas.

— À présent, ajoutez de la poussière de feu à la potion.

Lucy, encore secouée d'avoir failli avoir des problèmes, ajouta par mégarde un œil d'araignée fermenté à la place de la poussière de feu. Puis elle se dépêcha de mélanger sa potion pour rattraper son retard sur les autres élèves. Ce n'est qu'après qu'elle se rendit compte de son erreur : elle avait préparé une potion de faiblesse et non de force.

Le professeur parlait à Jane. Lucy parcourut son inventaire dans l'espoir de préparer rapidement la bonne potion. Elle trouva de la poudre de feu, mais trop tard ; l'enseignante était déjà à côté d'elle.

Lucy tenta de cacher sa faute, en s'arrangeant pour que le professeur ne voie pas sa potion. Mais quand elle s'en empara, elle en fit gicler à côté.

— Tu m'as affaiblie !

Le professeur, éclaboussé, parlait d'une voix fluette.

— Je suis terriblement désolée, répétait Lucy en boucle tout en préparant une potion de force à donner à l'enseignante.

Cette dernière soupira.

— Ce n'est rien. Nous faisons tous des erreurs.

Lucy était heureuse de ne pas l'avoir fâchée mais elle savait aussi qu'elle n'en était pas à sa première bévue. Cette année scolaire se révélait bien plus difficile qu'elle ne l'avait imaginé. Après avoir vaincu des zombies et capturé Isaac, l'ancien directeur machiavélique, avant les vacances, elle avait pensé que le travail scolaire serait facile. Elle s'était trompée. Depuis le début du semestre, elle avait eu des problèmes en combat à l'épée et en cours de potion. À chaque nouvelle erreur, Lucy se demandait si elle était vraiment taillée pour étudier à l'Académie Minecraft.

Elle se redressa et repensa à ce que son amie Phoebe lui avait dit la veille : « Lucy, tu ne peux pas abandonner. Tu es celle qui a sauvé l'école des zombies et percé le plan d'Isaac pour prendre le contrôle de l'Overworld. C'est clair que tu es intelligente et douée. »

Lucy, peu habituée aux compliments, avait rougi à ces mots. À présent, elle aurait grand besoin qu'on l'encourage – n'importe quoi pour lui redonner confiance après ce cours de potion catastrophique.

À la fin de l'heure, elle rangea ses affaires et quitta la classe, seule. Phoebe et Jane l'attendaient à l'extérieur.

Lucy s'adressa à ses amies :

— Vous vous rendez compte de ce qui vient de se passer en classe ? Je suis nulle.

Jane secoua la tête avant de répondre :

— La prof a raison. Tout le monde fait des erreurs. Ce n'est pas grave.

— Merci d'avoir volé à mon secours, au fait, dit Lucy en souriant à Jane.

— Pas de souci. Mais ne dramatise pas. Tu as des difficultés dans un cours. Ce n'est pas la fin du monde, lui rappela Jane.

Phoebe ajouta :

— Et rappelle-toi que tu nous as sauvés d'Isaac. Tout le monde ici sait que c'est toi qui as permis d'arrêter les attaques contre l'Overworld. Tu es une héroïne.

— Mais ça ne veut pas dire que je ne dois pas travailler, et j'ai vraiment des difficultés, contra Lucy.

— Si tu sais que tu n'es pas bonne, essaie de trouver ce qu'il faut améliorer, et fais-le, répondit Jane.

Phoebe ajouta :

— Et si tu as du mal, demande-nous. Nous t'aiderons.

Lucy sourit à ses amies. Elle se sentait déjà mieux.

Au moment d'entrer dans le réfectoire, les filles croisèrent Stefan, l'administrateur de l'école.

— Ça tombe bien. Je voulais vous voir.

— Ah bon ? demanda Phoebe.

— Oui. Victoria, la nouvelle directrice, m'a demandé de monter un spectacle de fin d'année pour présenter ce que les étudiants ont appris à l'Académie – de quoi montrer l'école sous un meilleur jour après les problèmes avec Isaac. J'espérais que vous pourriez nous organiser l'événement, toutes les trois.

— Ça a l'air trop cool ! s'exclama Jane, excitée comme une puce.

— Que faut-il faire ? demanda Lucy.

Elle ne voulait pas de tâche supplémentaire alors qu'elle peinait déjà en cours. Pire encore – et Lucy ne l'avait pas dit à ses amies – elle avait peur de monter sur scène. Même s'il s'agissait d'un rôle d'organisatrice, que se passerait-il si on lui demandait d'auditionner pour participer au spectacle ?

— Ce n'est que pour la fin du semestre, donc nous avons le temps. Pour le moment, nous aimerions un coup de main pour le planning. Vous pouvez prendre en charge les auditions, aider à concevoir le spectacle.

C'est la première fois que nous faisons ce genre de chose ; votre créativité est plus que bienvenue, expliqua Stefan.

Phoebe répondit pour ses amies :

— Nous serions ravies de nous en occuper.

Lucy doutait toujours, mais pouvait-elle refuser une demande de l'administrateur de l'école ?

Dans un haussement d'épaules, elle dit :

— D'accord. Nous allons commencer à réfléchir dès ce soir.

— Parfait ! Et je vais demander à d'autres élèves de participer. Je vous tiendrai au courant pour que vous puissiez assister à la première réunion.

Stefan quitta le trio, qui entra dans le réfectoire. Les filles prirent un plateau mais, alors qu'elles se servaient en carottes et en poulet, les lumières s'éteignirent.

— Aïe ! cria Jane dans l'obscurité.

— Que se passe-t-il ? demanda Lucy, inquiète.

— Une flèche m'a transpercé le bras !

Dans un horrible fracas, un groupe de squelettes franchit le seuil du réfectoire.

— Ça ne va pas recommencer ! gémit Lucy.

Chapitre 2
La nouvelle directrice

— Il me faut une épée ! cria Phoebe en regardant les squelettes, morte d'inquiétude.

Lucy parcourut son inventaire et y trouva une arme de rechange. Ce n'était pas une puissante épée en diamant comme celle qu'elle utilisait mais, au moins, il lui restait quelque chose après sa chasse au trésor – et elle espérait que ça suffirait.

Elle la tendit à Phoebe.

— Désolée, je n'ai qu'une épée en bois.

— C'est mieux que rien. Merci !

Phoebe se lança dans le combat contre les créatures osseuses.

Lucy se rua sur deux squelettes qui encerclaient Jane. D'un coup d'épée, elle en terrassa un. Jane frappa le second jusqu'à ce qu'il soit détruit.

— Nous faisons une super-équipe, dit Jane en souriant.

— Le combat n'est pas fini, répondit Lucy alors que six nouveaux squelettes les attaquaient de loin.

La réponse de Jane fut interrompue par une flèche lui transperçant la jambe.

Phoebe arriva juste à temps pour jeter une potion d'invisibilité sur elles trois.

— Nous devons trouver le générateur de squelettes. Descendons au sous-sol, dit-elle.

Le groupe sortit du réfectoire en courant pour rejoindre les caves de l'école. Le cœur de Lucy battait à tout rompre. L'Académie était à nouveau prise pour cible. Ce pourrait-il qu'Isaac soit encore une fois responsable ?

Alors que les amies arrivaient en bas de l'escalier, les effets de la potion se dissipèrent. Phoebe menait la troupe mais, à la dernière marche, elle lâcha un cri strident :

— Ce n'est pas vrai !

Le sous-sol était rempli de lave. Les filles restaient là, hébétées, alors que le niveau ne cessait d'augmenter.

— Il faut partir d'ici, cria Lucy.

Le trio remonta l'escalier à toutes jambes.

— Attention ! les avertit Jane.

Une horde de squelettes armés d'arcs et de flèches se trouvait en haut des marches.

Lucy haletait. Entre les squelettes et la lave, elles étaient prises au piège. Leur énergie baissait, et, avec le générateur toujours en fonction, l'armée de squelettes était devenue gigantesque.

Lucy s'empara de son épée en diamant. Elle prit une profonde inspiration, se préparant au combat fatal. Elle fondit sur un squelette, le détruisit. Alors qu'elle se retournait pour affronter une autre créature, les lumières se rallumèrent.

— Nous sommes sauvées ! s'exclama Jane.

Stefan et Victoria dévalèrent les marches pour rejoindre le trio.

— Vous allez bien, les filles ? demanda la directrice.

— Ce n'est pas fini. Le sous-sol est plein de lave. J'ai peur que ça inonde l'école, leur dit Phoebe.

— Je parie que c'est l'œuvre des vandales. Il faut les arrêter, répondit Victoria.

— Tu as raison mais nous devons nous débarrasser de la lave au plus vite. Sinon, tout le bâtiment sera détruit, l'informa Stefan.

— Fais une annonce. Que tous les étudiants prennent un seau et nous aident à l'enlever, commanda la directrice.

Stefan acquiesça et partit rassembler les élèves. Pendant ce temps, les trois amies commencèrent à écoper la lave avec Victoria.

Lucy était heureuse de collaborer avec la nouvelle directrice pour sauver l'Académie. La jeune fille avait participé à son recrutement après les attaques de l'année précédente et elle l'aimait bien. Mais après avoir vu Isaac si bien cacher ses plans pour détruire l'Overworld, pouvait-elle vraiment faire confiance à quelqu'un à cent pour cent ? Certes, elle se fiait à ses camarades de chambre, qui s'étaient montrées loyales.

— Vous pensez qu'Isaac est derrière cette attaque ? demanda Lucy à haute voix.

— Pas sûr, mais une fois que la lave aura été enlevée, nous irons l'interroger en prison, répondit Victoria.

Lucy hocha la tête. Elle savait que la directrice avait mené une des batailles contre l'invasion zombie de l'ancien directeur, faisant de nombreux sacrifices pour garder son village du désert en sécurité. Elle avait forgé des golems dans la ville et avait bâti un vaste abri où ses voisins avaient pu habiter après la destruction de leurs maisons au TNT. Et là, à la voir travailler dur pour protéger l'Académie Minecraft, Lucy était forcée de penser que Victoria était une bonne personne.

Peu à peu, le reste des étudiants se joignit à elles, et ils travaillèrent en équipe pour débarrasser l'école de la lave. Quand ils eurent terminé, Victoria s'adressa à Lucy :

— Prête à interroger Isaac ?

Depuis l'attaque de l'Académie et de l'Overworld, il était emprisonné au beau milieu du campus.

— Oh ! Lucy et madame la directrice. Quelle belle surprise, dit-il, sarcastique, alors qu'elles ouvraient la porte de sa cellule.

— Croyez-moi, cela nous réjouit autant que vous, répondit Victoria.

— Êtes-vous derrière ces nouvelles attaques, éructa Lucy.

— Quelles attaques ? demanda Isaac.

— Ne faites pas comme si vous n'aviez pas regardé par la fenêtre. Nous savons que vous aimez voir l'école en péril, dit Lucy avec colère.

— J'ignore si vous êtes responsable mais, si tel est le cas, je sais que vous ne nous direz rien. Peu importe, dit Victoria, plus calmement. Nous allons trouver le coupable et, quel qu'il soit, il connaîtra une triste fin.

— Je vous jure que je n'ai rien à voir avec ces attaques. Mais il faut reconnaître que j'apprécie un bon divertissement. Je suis aux premières loges pour vous voir combattre ces squelettes, dit Isaac.

— Ce n'est pas un spectacle ! C'est une guerre, et ce sont nos étudiants qui combattent, tonna Victoria.

— C'est du pareil au même depuis ma cellule, dit Isaac dans un haussement d'épaules.

Victoria se tourna vers Lucy, qui tremblait de rage.

— Ne t'inquiète pas. Nous n'en resterons pas là. Isaac n'est qu'une vermine. Ici, il ne peut plus nous faire de mal.

— Ce n'est pas parce que je suis en prison que je n'ai pas de pouvoir, réagit-il, les bras croisés.

— Si ça peut vous aider à dormir, lâcha Victoria.

Une fois la porte de la cellule fermée à clé, Lucy et Victoria purent entendre Isaac faire les cent pas.

Quand elles furent suffisamment loin, Lucy demanda :

— Vous le pensez coupable ?

— C'est possible. Mais peu importe qui se cache derrière ces événements, nous devons rester sur nos gardes en permanence. C'est terrible que tu doives affronter ça une fois de plus.

— C'est clair. Mais nous allons nous en sortir.

Lucy sourit à Victoria, et elles retournèrent ensemble vers le bâtiment principal.

Chapitre 3
Retour dans le Nether

Lucy remarqua soudain que sa visite à Isaac l'avait mise en retard. Elle prit congé et fila vers la salle de classe.

Lucy fut la dernière à arriver, ce qui n'échappa pas à Eitan, son professeur.

— Il est impératif d'être à l'heure, Lucy, la réprimanda-t-il.

Lucy voulait justifier son retard, dire qu'elle avait aidé Victoria à enquêter sur l'attaque des squelettes, mais elle se contenta de s'excuser. Il y avait toujours une bonne raison, et elle ne voulait pas faire partie des gens qui se lancent dans une série d'explications pour se défendre auprès des professeurs. Elle savait qu'une nouvelle excursion dans le Nether était prévue et qu'il était important d'être ponctuel.

Eitan leva un sourcil et redirigea son attention sur la classe pour faire une annonce.

— Laissez-moi vous présenter notre nouvelle élève.

Une fille en pull rouge et en jean s'avança.

— Voici Maya. Elle va vous parler un peu d'elle.

Maya tressaillit. Elle regarda le sol et se présenta sommairement, visiblement nerveuse de s'exprimer devant ses camarades.

— Comme vous le savez, nous partons aujourd'hui en excursion dans le Nether. Mettez-vous en groupe et vérifiez vos ressources.

Lucy s'avança vers Phoebe et Jane.

— Mon inventaire est presque vide. Je peux vous emprunter des trucs ?

— Bien sûr. Il te faut quoi ? demanda Jane en parcourant le sien.

Eitan s'avança vers elles, suivi de Maya.

— Lucy, Jane, Phoebe, j'aimerais que Maya se joigne à votre groupe.

Les filles firent rapidement connaissance avant de sortir avec le reste de la classe pour fabriquer un portail. Alors qu'Eitan et les élèves se tenaient près du passage, un brouillard violet les enveloppa.

Ils arrivèrent près d'une coulée de lave.

— Écartez-vous. Il ne faut pas tomber là-dedans, les avertit Eitan.

— Après avoir passé une grande partie de la journée à écoper le sous-sol, je ne m'inquiète pas pour si peu de lave, dit Lucy.

— Ne soyez pas si confiants. Le Nether regorge de surprises. Si vous n'y prêtez pas attention, vous risquez d'être détruites sur-le-champ, prévint Eitan en lançant un coup d'œil à Lucy.

Comme pour illustrer son propos, quatre ghasts s'envolèrent vers eux en crachant des boules de feu.

— Faut-il utiliser des flèches ou leur renvoyer leurs boules de feu ? demanda Lucy alors qu'elle esquivait un projectile.

— Comme vous voulez. Mais rappelez-vous que la fuite n'est pas une solution, expliqua Eitan.

Lucy se précipita sur une boule de feu qu'elle frappa de toutes ses forces. Elle toucha le ghast qui explosa d'un coup.

Phoebe et Jane se servirent également de leurs poings pour détruire les monstres, mais Maya resta cachée près de la coulée de lave.

Eitan s'approcha d'elle.

— Tu ne peux pas te cacher. Tu dois apprendre à affronter les ghasts. C'est la base de la survie dans le Nether.

D'autres créatures s'approchèrent du groupe. Phoebe, Jane et Lucy les détruisirent en frappant les boules de feu, mais Maya resta encore à l'écart, sans rien faire.

— Attention, Maya. Si tu ne participes pas, je vais être obligé de te renvoyer dans l'Overworld et de te mettre une mauvaise note.

Lucy pouvait voir Maya trembler. Elle s'approcha d'elle.

— Je sais que le Nether peut sembler effrayant, mais Eitan est un bon professeur, il ne laissera rien t'arriver.

Un autre ghast fendit le ciel.

— J'imagine que je dois détruire ça, dit Maya d'une voix mal assurée.

— Tu peux le faire, l'encouragea Lucy.

Maya acquiesça en se mordant la lèvre puis courut vers la boule de feu pour la frapper et détruisit le ghast. Le groupe la félicita.

— Waouh. De quoi avais-tu peur ? J'ai du mal à croire que c'est la première fois que tu affrontes ce type de créature hostile ! s'enthousiasma Eitan.

— Je ne suis pas si douée, répondit Maya dans un haussement d'épaules.

— Avançons vers la forteresse. Aujourd'hui, je vais vous apprendre à dénicher des trésors, les informa Eitan.

Lucy avait exploré de nombreuses forteresses dans le Nether mais elle n'aimait pas ça. Pour elle, en trouver une et survivre dans ce climat inhospitalier était déjà un défi en soi. Le jeu n'en valait pas la chandelle. Et quand ses amis, Henry et Max, partaient récupérer des butins dans les monuments des profondeurs océaniques, c'était pareil. Elle n'aimait pas ça ; les gardiens lui faisaient peur. Elle préférait les temples de la jungle ou du désert. Mais elle était déterminée à apprendre des choses concernant les trésors du Nether et suivit donc ses amies vers la forteresse.

Quatre cochons zombies passèrent derrière le groupe, et Eitan leur rappela de ne pas les regarder dans les yeux. Sans écouter, Maya s'empara de son épée en diamant et se rua sur l'une des créatures passives. En colère, le cochon se retourna et l'attaqua. En un instant, les quatre bêtes se liguèrent contre Maya et l'écrasèrent. La nouvelle poussa un cri avant d'être détruite.

Le reste des élèves et leur professeur étaient les prochaines cibles. À contrecœur, ils chargèrent les cochons zombies avec leurs épées en diamant, prêts à se défendre. Lucy frappa une bête, mais elle était plutôt forte. Le combat n'était pas facile.

Eitan cria un conseil à ses étudiants :

— Prenez vos potions de soin et lancez-les sur les zombies.

Tout en se battant, ils sortirent les fioles de leurs inventaires. Lucy fut la première à trouver la potion qu'elle jeta rapidement sur le cochon le plus proche, le détruisant. Elle se précipita ensuite vers les créatures attaquant ses amies. Elle leur jeta des fioles dessus pour les affaiblir, et Jane les frappa avec son épée en diamant, les détruisant l'un après l'autre.

— Bien joué ! cria Eitan à ses élèves.

— Qu'est-il arrivé à Maya ? Si c'était son premier jour, va-t-elle pouvoir revenir sur le campus ? demanda Lucy.

— Je crois qu'elle est arrivée hier donc elle devrait réapparaître dans son dortoir, la rassura Eitan.

Alors qu'ils avançaient vers la forteresse du Nether, Lucy pensait à Maya et aux cochons zombies. Eitan leur avait dit de ne pas attaquer ces créatures neutres, pourtant Maya avait désobéi en se ruant sur eux avec son épée en diamant. Le comportement de la nouvelle élève laissait Lucy perplexe. Elle ne comprenait pas comment quelqu'un qui avait aussi peur de détruire un ghast pouvait lancer une attaque sans y être obligé. C'était comme si Maya avait voulu se faire détruire. Mais pourquoi ?

Eitan, qui la regardait, la tira de sa rêverie.

— Lucy, peux-tu nous dire le meilleur endroit où dénicher un trésor dans une forteresse ?

Perdue dans ses pensées, Lucy n'avait pas fait attention. Par chance, elle était experte en chasse au trésor.

— Il faut trouver un couloir. Le trésor est généralement situé dans un coude.

— Exact, répondit Eitan. Mène-nous-y, Lucy.

Lucy marchait lentement pour s'assurer d'être prête en cas d'apparition de créature hostile. Elle regarda dans une pièce.

— C'est un puits de lave, dit-elle pour avertir ses amies de ne pas entrer.

— Regardez !

Phoebe indiquait un couloir avec un angle droit, où les attendaient deux coffres, comme Lucy l'avait annoncé.

— Bien joué, les filles.

Eitan mena la classe au trésor. Il ouvrit le premier coffre, qui était plein de lingots d'or.

Lucy ouvrit le second et cria de joie :

— Des plastrons en or !

— C'est une super-trouvaille, dit Eitan en répartissant le butin entre les membres du groupe.

Alors que Lucy rangeait son plastron dans son inventaire, elle entendit une voix familière crier au loin.

— Maya ? C'est toi ? demanda Eitan.

Chapitre 4

L'attaque des squelettes en armure

Maya poussa un gros soupir.

— Je suis tellement soulagée de vous avoir retrouvés. Un jour, quelqu'un m'a dit que, pour arriver à une forteresse du Nether, il faut marcher vers l'est ou l'ouest. J'ai choisi l'ouest. J'ai du mal à croire que je suis tombée sur la bonne !

Lucy était surprise – elle savait qu'il était quasi impossible de trouver une forteresse précise quand on la cherchait.

— *C'est* incroyable, dit-elle les sourcils levés.

— Je sais. Vous avez dégoté quelque chose d'intéressant, demanda Maya en voyant les coffres vides.

— Des lingots et des plastrons en or, répondit Jane.

— La prochaine fois que nous trouverons un coffre, tu pourras avoir une partie du trésor. Comme tu n'étais pas là cette fois, il serait injuste de te laisser prendre une part du butin aux élèves qui étaient présents, dit Eitan.

— Ça se tient, répondit Maya en partant explorer le reste de la forteresse.

— Nous devons rester ensemble, lui rappela Eitan.

— Désolée. Je suis tellement contente de chercher un trésor, dit Maya rapidement.

— Attention ! cria Jane.

Trois Wither squelettes apparurent derrière Maya. L'un d'eux frappa la jeune fille de son épée.

Lucy s'empara de son arc et visa la créature osseuse.

— Œil-de-Faucon ! s'écria-t-elle quand sa flèche atteignit la cible.

Phoebe, Jane et Eitan foncèrent sur les squelettes en armure et les frappèrent de leurs épées en diamant, affaiblissant les ennemis sans parvenir à les détruire.

— Aïe ! cria Phoebe.

Un squelette s'était jeté sur elle et l'avait blessée avec son arme en pierre. Phoebe était paralysée, victime de l'effet Wither. Pendant dix secondes, elle se sentit très fatiguée et sa santé déclina.

— Il lui faut du lait, cria Lucy à Jane, qui était occupée à se battre contre un Wither squelette.

Elle passait son temps à esquiver les assauts du monstre.

Maya frappa une créature hostile et la détruisit.

Eitan cria pour se faire entendre malgré le chaos de la bataille.

— Maya, ramasse le crâne du squelette !

Elle se baissait pour le récupérer quand un autre monstre apparut et l'attaqua par surprise.

— Nous devons apporter du lait à Phoebe et Maya, cria Lucy, croisant l'épée avec un squelette en armure.

Eitan pourfendit la créature osseuse qu'il combattait et courut donner du lait à ses élèves. Phoebe et Maya reprirent des forces. Dans un moment, elles seraient prêtes à combattre les nouveaux Wither squelettes qui apparaissaient à un rythme démentiel.

— Il faut localiser le générateur. C'est le seul moyen de mettre fin à cette attaque, dit Eitan.

Lucy était d'accord mais trois monstres l'encerclaient.

— Aidez-moi ! cria-t-elle à ses amies.

Eitan se précipita aux côtés de son élève et frappa les créatures hostiles, en détruisant une. Ensemble, ils combattirent les squelettes restants et ramassèrent les os qu'ils laissaient une fois détruits.

— Viens avec moi. Nous devons trouver le générateur, dit Eitan à Lucy.

Ils le cherchèrent pendant que le reste de la bande se battait contre les ennemis affaiblis.

— Il doit se trouver dans une de ces pièces, dit Lucy alors qu'ils marchaient dans un long couloir.

— Oui. Tu as une torche dans ton inventaire ? Il nous en faut pour désactiver le générateur, poursuivit Eitan.

Lucy gémit. Son inventaire était presque vide, même si ses amies l'avaient aidée à en réapprovisionner une petite partie.

— Non, je n'en ai pas.

— Lucy, chaque étudiant de l'Académie Minecraft est censé avoir un inventaire complet.

— Je sais. Je suis désolée.

Lucy ne savait pas quoi dire d'autre.

Une paire d'yeux orange et jaune brillait au loin. Eitan cria à Lucy :

— Dégaine ton épée. Nous devons attaquer !

— Des cubes de magma ! haleta Lucy alors que deux énormes dés se jetaient sur elle.

Lucy eut à peine le temps de sortir son arme et de frapper la bête. L'attaque surprise affaiblit aussi bien Lucy que son professeur.

Eitan se jeta sur un cube de magma et, d'un puissant coup d'épée, le fit éclater en morceaux. Alors que Lucy en affrontait un autre, Eitan détruisait les cubes plus petits qui bondissaient sur le sol de la forteresse du Nether. Quand Eitan eut éradiqué la dernière partie d'une des créatures, il courut aider Lucy.

Tous deux frappaient les monstres et se dépêchaient d'annihiler les plus petits cubes. C'est alors qu'ils entendirent des pas derrière eux. Les amies de Lucy arrivaient en courant.

— Lucy ! cria Phoebe.

— Eitan, s'exclama Jane.

Lucy détruisit la dernière bestiole magmatique et tourna son attention vers ses camarades.

— Où est Maya ?

CHAPITRE 5

LA RÉUNION

— Maya a encore été détruite, expliqua Phoebe.

— Elle se battait contre un Wither squelette et elle s'est, euh… fait anéantir.

Phoebe se tourna vers Jane.

— Le combat était étrange. On aurait dit qu'elle perdait trop facilement, ajouta Jane.

Lucy voulait interroger son amie mais elle n'en eut pas le temps. Une armée de monstres arrivait de la direction opposée.

— Nous sommes désormais sûrs que le générateur se trouve au bout de ce couloir, dit Eitan en mettant toute son énergie dans son combat contre plusieurs squelettes.

Lucy et ses amies affrontaient des créatures hostiles mais elles perdaient des cœurs rapidement. L'effet Wither les impactait toutes.

Eitan annihila les deux squelettes face à lui avant de faire volte-face pour en frapper trois dans son dos. Grâce à ses élèves qui se chargèrent des autres, la pièce fut vidée en quelques secondes.

— Waouh ! C'était fantastique ! dit Lucy, admirative de la technique d'Eitan.

Elle n'avait jamais vu un épéiste aussi accompli.

— Je vous apprendrai à combattre plusieurs squelettes à la fois, un jour. Nous devons rentrer à l'Académie ou nous serons en retard pour dîner.

— Et le générateur ? demanda Lucy.

— Il faudra le détruire à notre prochaine visite. J'espère que tu auras une torche dans ton inventaire, ce coup-là. Tu dois toujours te tenir prête, Lucy.

Elle savait que son professeur avait raison. Elle devait prendre sa formation au sérieux, ce qui impliquait de réapprovisionner son inventaire fréquemment. Lucy suivit Eitan et les autres élèves hors de la forteresse.

Alors qu'elle attendait son tour pour passer le portail, Lucy pensait à ce que ses amies avaient dit à propos de Maya et de son combat contre les Wither squelettes et à ce qu'elle avait elle-même vu quand Maya avait mis les cochons zombies en colère. Serait-il possible que Maya ait cherché à se faire détruire par deux fois pour quitter les lieux et revenir à l'Académie ? Que pouvait-elle y faire pour se sentir obligée d'inventer ces mises en scène ?

La respiration de Lucy s'accéléra. Et si c'était lié aux attaques contre l'école ? Alors que le brouillard violet enveloppait la classe, Lucy décida que, dès qu'elle et les filles seraient de retour dans leur dortoir, elle allait retrouver Maya et l'interroger.

— Nous sommes arrivés, annonça Eitan alors qu'ils apparaissaient au milieu de la cour.

— J'ai faim, dit Jane, et, comme pour appuyer ses propos, son ventre se mit à gargouiller.

— Ça tombe bien, c'est bientôt l'heure du dîner.

Eitan se rendit au réfectoire, les étudiantes sur les talons.

Elles prirent des plateaux et les remplirent de nourriture, affamées par la bataille dans le Nether.

— L'excursion était sympa, dit Jane en mangeant son repas.

Lucy acquiesça. Elle avala un morceau de poulet et s'apprêtait à saisir une carotte quand elle leva les yeux et vit Stefan marcher vers elles.

— Avez-vous passé une bonne journée de cours ? demanda Stefan au trio.

Une fois que les filles eurent hoché la tête, il ajouta :

— J'espère que vous allez assister à la première réunion pour le spectacle de fin d'année. Elle aura lieu juste après dîner.

— Bien sûr, répondit Lucy avec l'approbation des autres.

En réalité, elle était déçue ; l'interrogatoire de Maya devrait attendre.

— Génial ! Je vous vois après manger alors, s'enthousiasma Stefan.

Le repas fini, Lucy, Phoebe et Jane traversèrent le campus pour rejoindre la grande salle de réunion. Comme à chaque fois que Lucy passait devant la prison d'Isaac, elle vérifia qu'il s'y trouvait toujours. Au fond, elle avait peur qu'il s'échappe et cause plus de problèmes à l'école.

Lucy aperçut Isaac qui regardait par la fenêtre.

Il lui cria :

— Prête pour une autre attaque de squelettes ?

Lucy ne répondit pas. Elle détourna la tête et se dépêcha de rattraper ses camarades.

Quand elles entrèrent dans la salle, Lucy fut heureuse d'apercevoir son vieil ami, Adam.

— Lucy ! Je suis tellement content qu'on travaille ensemble sur le spectacle. Je ne te vois plus jamais, s'écria-t-il.

Lucy acquiesça. Elle avait traversé de nombreuses épreuves avec Adam et était heureuse de faire enfin quelque chose d'amusant avec lui.

Stefan se tenait face au groupe.

— Votre attention, s'il vous plaît ! J'aimerais annoncer l'ordre du jour.

Alors que le groupe écoutait les plans de Stefan en silence, Lucy vit Maya se glisser discrètement au fond de la pièce. Elle brûlait de l'interroger à propos de ses mystérieuses disparitions et des attaques mais elle se força à se retourner et à être attentive. Elle attendrait le moment opportun pour parler à Maya, seule.

— Ce spectacle n'a pas pour unique but de divertir. Nous sommes là pour montrer à l'Overworld toutes les compétences que nous nous efforçons de maîtriser dans cette Académie respectée. Après tout ce que l'école a traversé cette année, nous espérons que ce spectacle aidera à redorer l'image de l'Académie aux yeux de tous.

Lucy était étonnée.

— Des gens extérieurs à l'école vont y assister ?

— Oui, bien évidemment, répondit Stefan.

— Mais comment peut-on être sûr que nous serons en sécurité ? demanda Lucy.

La directrice entra alors que Lucy posait sa question.

— Je sais que la perspective d'une attaque contre l'école est horrible, mais nous devons ouvrir le spectacle au public. Il faudra simplement redoubler de vigilance.

Stefan reprit la parole, mais les lumières s'éteignirent.

— Sortez vos torches ! cria Victoria.

Les étudiants s'exécutèrent et les placèrent aux murs. Cependant, l'éclairage généré n'était pas assez puissant pour empêcher une autre invasion de squelettes. Lucy savait déjà qu'elle n'avait pas de torche et, pour la millième fois, elle s'en voulut de ne pas avoir réapprovisionné son inventaire avant le début du semestre.

Clic ! Clac !

La mâchoire de Lucy se décrocha. Elle n'arrivait pas à croire ce qu'elle voyait : une vague de squelettes déferlait dans la salle.

Les étudiants s'emparèrent de leurs épées pour affronter les bêtes osseuses. Lucy se joignit à eux. Elle détruisit deux squelettes pendant que, derrière elle,

Adam jetait des potions sur d'autres créatures. Pourtant, peu importait le nombre de squelettes détruits, d'autres apparaissaient et les attaquaient.

— Attention ! Derrière toi ! cria Adam à Lucy pour la mettre en garde.

Lucy se retourna juste à temps pour éviter une flèche.

— Merci ! répondit-elle en attaquant un monstre.

Quand le squelette fut détruit, deux autres s'avancèrent vers Lucy. Elle était submergée. Mais soudain, les lumières se rallumèrent.

— Tout le monde va bien ? demanda Stefan. Quelqu'un a été détruit durant le combat ?

Tous regardèrent autour d'eux pour voir si un de leurs amis manquait. En scrutant la pièce, Lucy remarqua qu'une personne n'était plus là.

— Maya a disparu.

CHAPITRE 6

AMIE OU ENNEMIE

Après l'attaque des squelettes, Stefan annonça le report de la réunion au lendemain.

— Retournez dans vos chambres avant la tombée de la nuit. Nous ne voulons pas que vous vous retrouviez au milieu d'une autre bataille quand les créatures hostiles apparaîtront.

Les élèves regagnèrent donc leurs dortoirs. Alors que Lucy traversait le campus avec ses camarades de chambre, elle était songeuse.

— Je me demande ce qui est arrivé à Maya. Ce n'est pas la première fois qu'elle disparaît. Vous vous rappelez quand elle a été détruite dans le Nether ?

Jane approuva.

— Elle se comportait bizarrement face aux Wither squelettes. Elle semblait avoir arrêté de se battre et les laissait l'attaquer.

— On aurait dit qu'elle voulait se faire détruire, ajouta Phoebe.

Lucy s'arrêta.

— J'ai aussi trouvé étrange qu'elle affronte les cochons zombies. Normalement, ce sont des créatures neutres mais elle les a immédiatement chargés.

— Elle pensait peut-être qu'ils étaient hostiles ? suggéra Jane.

— Non… Je crois qu'elle cache son jeu. D'ailleurs, nous supposons qu'elle a été détruite pendant l'attaque de ce soir, mais quelqu'un l'a-t-il vue combattre les squelettes ? Comment être sûr qu'elle n'a pas filé avant le début des hostilités ?

— Que veux-tu dire ? demanda Phoebe.

— Eh bien… c'est juste que je garde un œil sur elle, expliqua Lucy à ses amies.

— D'accord. Mais ne t'emballe pas. Nous ne la connaissons pas, donc pas de jugement hâtif, répondit Phoebe.

Lucy savait que son amie avait raison. Elle ne devait pas accuser Maya d'être derrière les attaques. Elle avait peut-être une raison parfaitement valable d'être si souvent détruite.

Le trio repassa devant la prison, et Lucy regarda par la fenêtre comme à son habitude. Elle fut soulagée de voir Isaac dans sa cellule.

— Je t'avais prévenue qu'il y aurait une autre attaque, lui cria-t-il.

Lucy secoua la tête ; ce serait une perte de temps de l'interroger. Il n'allait rien lui dire, et elles devaient retourner dans leur chambre avant la nuit.

Alors que les amies arrivaient dans le dortoir, Maya entra par une autre porte et leur fit un signe de la main.

— On a eu droit à des combats de folie aujourd'hui ! Je ne suis pas très bonne dans le Nether. Ça me rend nerveuse.

Lucy leva un sourcil interrogateur.

— Que s'est-il passé pendant la réunion ? Tu as été détruite et tu as réapparu ici ?

— Non. J'ai juste cru voir un truc suspect à l'extérieur et je suis allée vérifier. Quand je suis revenue, la bataille était terminée.

— Qu'y avait-il de suspect ? demanda Lucy.

— En fait, rien du tout, répondit Maya.

Lucy n'était pas satisfaite.

— Et que s'est-il passé dans le Nether ?

Maya rougit.

— Ah, ça... Ce serait gentil de ne pas trop en parler. C'est tellement embarrassant de se faire détruire deux fois pendant sa première journée de cours.

Maya semblait avoir vraiment honte. Lucy ne savait plus quoi penser.

— Quoi qu'il en soit, ils m'ont déménagée dans ce dortoir. En fait, je crois que j'ai la chambre à côté de la vôtre, dit Maya radieuse.

— Eh bien, nous devrions y aller, suggéra Lucy. Il commence à faire nuit, et je ne veux pas me retrouver au cœur d'une nouvelle attaque.

— Moi non plus, répondit Maya en les suivant dans l'escalier.

Lucy et ses amies dirent bonne nuit à Maya avant d'entrer dans leur chambre. Lucy se glissa dans son lit confortable et remonta les couvertures bleues jusqu'à son menton. Elle repensait à ce qu'avait dit Maya. Peut-être était-elle nerveuse dans le Nether et qu'elle s'était comportée bizarrement simplement pour cette raison. Et ses explications concernant la réunion pour le spectacle étaient sensées. Lucy était-elle paranoïaque à cause de tout ce que l'école avait traversé ?

En plein questionnement, Lucy s'endormit et rêva de la paix sur l'Overworld. Chacun pouvait bâtir ce que bon lui semblait sans peur de le voir détruit par des vandales avec du TNT. Elle rêva d'un monde aussi exigeant que le mode survie et aussi libérateur que le mode créatif.

Chapitre 7

L'évasion

À son réveil, Lucy fut soulagée que personne n'ait été agressé pendant la nuit.

Dans le réfectoire, tout le monde prenait son petit déjeuner ; beaucoup parlaient de la veille. Lucy entendit deux étudiants, en combinaisons roses coordonnées, parler de la bataille.

L'un d'eux demandait à l'autre :

— Tu penses qu'il s'agit d'une autre attaque de vandale, comme l'invasion zombie ?

Son ami engloutit un bout de pomme avant de répondre :

— J'espère que non. Je suis venu ici pour apprendre, pas pour affronter des créatures hostiles.

Lucy savait ce qu'ils ressentaient. Elle ne voulait pas se battre contre des squelettes. Elle voulait aller en cours normalement, et réapprovisionner son inventaire aussi vite que possible.

Au même moment, Lucy vit Maya entrer dans le réfectoire et alla lui parler.

— Alors ? Cette première nuit dans le dortoir ? lui demanda-t-elle.

— C'était chouette. J'ai une camarade de chambre adorable. Elle s'appelle Debbie. Avec elle, je me sens comme à la maison. Tu veux qu'on prenne le petit déjeuner ensemble ? dit-elle en souriant.

Lucy acquiesça. Elle décida qu'elle ne pouvait pas blâmer Maya pour les assauts des monstres. Elle devait lui faire confiance ; elles pourraient même devenir amies.

Après le repas, le silence se fit dans la pièce. Lucy et Maya aperçurent Victoria, prête à faire une annonce.

— Votre attention, chers étudiants. Avant de partir en cours, assurez-vous d'avoir des épées en diamant et des arcs et des flèches dans votre inventaire. Je veux que vous soyez prêts à vous battre à tout moment, même en classe. Tant que nous ne savons pas qui se cache derrière ces offensives, nous devons nous montrer particulièrement prudents.

Lucy se tourna vers Maya.

— Ces attaques me rendent tellement nerveuse.

— Moi aussi. Au moins, le petit déjeuner s'est passé sans problème. Quel soulagement ! dit Maya.

Lucy regarda l'horloge.

— Oups ! Si nous ne nous dépêchons pas, nous allons être en retard.

Les deux filles se précipitèrent hors du réfectoire. Alors qu'elles marchaient sur la pelouse luxuriante, le ciel s'assombrit.

Boum !

— Un coup de tonnerre ? demanda Lucy.

— Ou du TNT ?

Maya tremblait. Il se mit à pleuvoir, et des squelettes envahirent le campus. Où que Lucy regarde, elle voyait des élèves aux prises avec des bêtes osseuses.

— Attention ! hurla Maya.

Avant que Lucy ne puisse se retourner, une flèche lui transperça le dos, lui faisant perdre plusieurs cœurs.

— Lucy !

Elle entendit la voix d'Adam, se retourna et le vit courir vers elle depuis l'autre bout du gazon. Il détruisit un squelette avec une potion, puis tendit une potion de guérison à son amie.

— Tiens. Prends ça.

— Merci, répondit Lucy avant de frapper un monstre qui s'approchait d'eux.

Boum !

Un bruit sourd retentit de nouveau.

— J'ignore si c'est bien le tonnerre, dit Lucy.

— Je crois que nous avons notre réponse, dit Adam, l'air grave, en désignant la prison.

La cellule avait été détruite par une explosion de TNT.

La mâchoire de Lucy se décrocha. Elle se dépêcha de démolir le squelette qu'elle combattait et se rua vers la geôle.

— Venez avec moi ! Nous devons trouver Isaac, cria-t-elle à Adam et Maya.

Ils atteignirent sa cellule et Lucy observa la fenêtre.

— Quelqu'un s'est servi de pistons pour aider Isaac à s'échapper.

— Il a sans doute utilisé l'explosion de TNT et l'attaque de squelettes pour faire diversion, ajouta Adam.

Lucy ne tenait plus en place.

— Il est tellement vil. Qu'allons-nous faire ?

— Combattre les monstres qui se dirigent vers nous, cria Maya en se retournant.

Mais la pluie cessa aussi vite qu'elle avait commencé, et le soleil brilla à nouveau sur le campus, faisant disparaître les ennemis.

Ils virent Victoria courir vers eux, affolée.

— Que s'est-il passé ?

Lucy se tenait devant la cellule vide.

— Isaac s'est évadé.

CHAPITRE 8
LA TRAQUE

Victoria fouilla les décombres.

— Je n'arrive pas à croire qu'il ait pu, sans aucune aide, trouver du TNT et faire exploser sa cellule. Nous devons découvrir avec qui il collabore.

Tout le monde était d'accord pour enquêter sur l'évasion.

— Par chance, il était le seul prisonnier, commenta Lucy.

— Mais Isaac est une personne extrêmement puissante, lui rappela Victoria. Il est à la fois rusé et sournois. Son évasion équivaut à celle de toute une prison.

— C'est effrayant, dit Maya en fouillant les ruines.

— Nous n'allons pas le laisser s'en sortir si facilement. Il ne peut pas être bien loin, assura Adam.

Victoria acquiesça.

— Je dois organiser une réunion. Il faut trouver Stefan. Que tous les membres de l'Académie aident à traquer Isaac.

En quelques heures, Stefan et Victoria avaient rassemblé les élèves et le personnel. Depuis l'estrade, Victoria les informait de l'évasion.

— Nous sommes en guerre. Nous savons désormais qu'Isaac est derrière les récentes attaques contre l'école. Après sa fuite, notre priorité doit être de le retrouver, déclara la directrice.

Une personne portant un pull vert leva la main.

— Les cours sont annulés ?

Quelques étudiants dans la pièce ricanèrent.

— Oui. Plus de cours avant de l'avoir retrouvé et mis fin à ces attaques. Mais nous avons besoin que chacun participe à la battue. Nous allons mettre en place des groupes de recherche. Chaque groupe se verra assigner une partie de l'Overworld jusqu'à ce qu'Isaac soit ramené ici, répondit Victoria, sèchement.

Stefan rejoignit la directrice sur scène et, ensemble, ils firent l'appel des étudiants pour les répartir dans des groupes. Lucy était heureuse de se retrouver avec Phoebe, Jane et Maya. On leur demanda de fouiller le biome désert.

— C'est génial. Je viens du désert donc je suis experte en survie dans ce biome. Je peux vous raconter des histoires à propos des trésors que j'y ai trouvés, leur expliqua Maya.

Lucy aurait bien aimé partir à une simple chasse au trésor. Elle s'inquiétait des plans d'Isaac et était nerveuse de le traquer avec aussi peu d'objets dans son inventaire. Mais, avant qu'elle ne puisse exprimer ses inquiétudes, Victoria marcha vers le groupe.

— Vous vous rendrez dans mon village. Si vous le pouvez, essayez de garder tout le monde en sécurité là-bas. Je sais que vous vous focalisez sur Isaac, mais nous avons besoin de savoir s'il y a eu d'autres attaques dans l'Overworld. Nous sommes isolés sur le campus, et les informations rapportées par les élèves envoyés en éclaireurs sont capitales.

Stefan leur tendit une carte.

— Bonne chance. Vous allez faire un super-travail.

Lucy et sa bande dirent au revoir avant de se répartir les rôles dans leur quête. Phoebe avait pour tâche de les guider. Elle mena le groupe en haut d'une large montagne, et Lucy s'arrêta pour regarder le paysage. Elle fut saisie par le calme régnant dans ce biome.

— C'est à couper le souffle, non ? demanda-t-elle à ses amies.

Boum !

— C'était quoi ? interrogea Jane.

Au pied de la montagne, de la fumée montait depuis l'Académie Minecraft.

Lucy trembla en prenant la parole.

— On dirait que l'explosion venait de la grande salle.

— J'espère que tout le monde va bien.

Phoebe posa la carte et fixa la fumée.

— La plupart des étudiants viennent de partir pour explorer les biomes. Il y a donc de fortes chances que la salle ait été vide, dit Lucy.

— Pourquoi faire ça à notre école ? s'interrogea Jane.

Lucy se tourna vers Maya qui regardait la fumée sans rien dire.

— Faut-il rentrer ? demanda Jane.

Lucy marqua un temps d'arrêt.

— Il y a beaucoup de mauvaises personnes dans l'Overworld, et Isaac en fait partie. Nous devons le trouver. Un autre groupe fouille le campus. Notre mission est de le chercher dans le biome désert. Et nous devons faire vite.

Les filles approuvèrent d'un hochement de tête. Elles descendirent la montagne pour rejoindre le marais. Le soir approchait, et une chauve-souris vola près de leurs têtes.

— On dirait que c'est la pleine lune ce soir, nota Phoebe.

La lune commençait à apparaître dans le ciel.

— Nous devons trouver un endroit où passer la nuit, dit Maya.

— Tu as raison. Commençons à construire un abri, suggéra Lucy.

Elle prit le peu de bois qu'elle avait dans son inventaire et se mit à bâtir une maison. Les autres se joignirent à elle.

— Nous devons faire vite, dit Phoebe en observant de nouveau le ciel.

Il faisait de plus en plus sombre, et elle commençait à avoir peur.

— Oui, dépêchons-nous. Regardez ! cria Jane.

Une sorcière glissait vers elles. Après avoir rejoint le groupe, elle lança la potion qu'elle avait dans la main sur Lucy.

— À l'aide ! lâcha-t-elle d'une voix faible.

Maya vint à son secours, frappant la sorcière de son épée en diamant jusqu'à la détruire. Elle se précipita ensuite aux côtés de Lucy pour lui donner du lait.

— Tu vas bien ?

— Merci. Ça va mieux, dit Lucy après une gorgée.

Phoebe les appela.

— La maison est terminée. Réfugions-nous vite.

Lucy et Maya entrèrent et se faufilèrent dans les lits que Jane avait fabriqués pour tout le monde.

En s'endormant, Lucy pensa à la façon dont Maya l'avait aidée pendant l'attaque de la sorcière. Elle décida qu'elle avait pris la bonne décision en devenant son amie.

CHAPITRE 9

CHASSE DANS LA JUNGLE

— Regardez le lit de Maya ! Il est vide ! cria Phoebe à l'attention de ses amies qui se réveillaient.

— Où est-elle ? demanda Lucy.

— Je ne sais pas.

Phoebe sortit et observa le biome marais à la recherche de Maya.

— Tu penses qu'il lui est arrivé quelque chose ? demanda Jane.

— J'espère que non, répondit Lucy en se mordant la lèvre.

Elle commençait tout juste à faire confiance à sa camarade, et voilà que Maya disparaissait étrangement, encore une fois.

Mais, se rappelant qu'elle l'avait aidée lors du combat contre la sorcière, la veille au soir, Lucy ajouta :

— Il doit y avoir une explication.

— Peu importe. Nous ne pouvons pas rester ici ; nous devons trouver Isaac, dit Jane en tendant des pommes à Lucy en guise de petit déjeuner.

Phoebe entra dans la maison.

— Je ne la vois nulle part et je ne veux pas rester dans ce biome. Le soleil n'éclaire presque rien. C'est tellement glauque ! J'ai peur que des créatures hostiles apparaissent.

Tout le monde était d'accord.

— Nous étions en train de dire que nous devions continuer à avancer, quoi qu'il arrive. Chercher Isaac est notre priorité, rappela Jane.

— Maya disait être experte pour se repérer et survivre dans le désert. Nous la trouverons peut-être là-bas, ajouta Lucy alors qu'elles traversaient le biome obscur.

— Quel est la prochaine étape ? demanda Jane.

Phoebe étudia la carte.

— On dirait que nous sommes presque sorties du marais. Bientôt, nous arriverons dans la jungle.

Lucy était ravie de traverser la jungle. Même si elles devaient se concentrer sur la capture d'Isaac, elle espérait pouvoir faire un arrêt pour explorer un temple histoire de trouver des trésors et remplir – enfin – son inventaire.

En entrant dans la jungle touffue, Phoebe remarqua :

— C'est difficile de voir avec toutes ces feuilles. Restons groupée.

— Un temple ! cria Jane.

Elle se précipita vers lui, et Lucy commençait à la suivre quand Jane les arrêta.

— Je pense que nous n'avons pas le temps de chercher un trésor. Apparemment, nous devons encore traverser trois biomes avant d'atteindre le désert et nous voulons arriver à destination avant la tombée de la nuit.

Lucy hocha la tête mais elle avait grand besoin de ressources. Avant qu'elle ne puisse dire un mot pour convaincre les autres de s'arrêter brièvement, elles entendirent un appel à l'aide.

— C'est peut-être Maya ! dit Phoebe.

Elle regarda autour d'elle, mais il était difficile de voir quoi que ce soit dans cette jungle.

— Maya ? Où es-tu ? cria Lucy aussi fort que possible.

Tout était silencieux.

— Maya ? appela Jane.

Là encore, pas de réponse.

— À l'aide ! reprit la voix.

— On dirait que ça vient de l'ouest. Suivez-moi, dit Phoebe en regardant la carte.

Le groupe se dépêcha d'avancer sur un chemin recouvert d'un épais tapis de feuilles.

— À l'aide !

La voix était de plus en plus forte.

— Tiens bon, Maya. On arrive ! Ça va aller, cria Phoebe.

À ce moment, un sifflement fendit l'air, et Jane se mit à hurler.

— Aïe ! J'ai été touchée.

— Ouille ! cria Phoebe alors qu'une flèche la transperçait à son tour.

Lucy regarda rapidement autour d'elle pour localiser les tireurs. Elle vit un éclat orange à travers la végétation, puis un rose.

— C'est impossible, dit-elle bouche bée.

— Que se passe-t-il ? demanda Phoebe en sortant son arc et ses flèches de son inventaire.

— J'ai cru voir un vandale arc-en-ciel, répondit Lucy abasourdie.

— C'est quoi ?

— Les vandales arc-en-ciel faisaient des ravages dans l'Overworld. Ils formaient une armée puissante et malfaisante. Mais je pensais qu'ils avaient été anéantis.

Alors qu'elles approchaient de l'endroit où Lucy avait aperçu les touches de couleur, elle vit qu'elle avait raison : deux vandales arc-en-ciel, armés d'arcs et de flèches se tenaient entre les arbres.

Près de Lucy, Phoebe regarda à son tour.

— Tu as raison, ce sont des hommes arc-en-ciel.

— Je ne crois pas qu'ils nous aient repérées. Nous ne devons pas faire de bruit, murmura Lucy.

— Vous voyez Maya ? demanda Jane.

— Non, seulement deux vandales. Viens jeter un œil par ici, dit Phoebe à Jane.

Le trio était collé pour voir à travers le feuillage. Le cœur de Lucy battait la chamade. Elle n'aurait jamais pensé recroiser un vandale arc-en-ciel. Elle ne savait pas quoi faire.

— À l'aide ! hurla de nouveau la voix.

— Vous êtes sûres que c'est Maya ? demanda Lucy.

— Non, regardez ! répondit Phoebe.

Les filles étouffèrent un cri de surprise quand les vandales arc-en-ciel se retournèrent. Ils pointaient leurs épées en diamant sur le torse d'Isaac.

Chapitre 10

Cachés dans la mine

— Nous devons le sauver, annonça Lucy.

— Le sauver ? Mais il est méchant, réagit Phoebe.

— C'est notre mission de le ramener. Et... Il n'est peut-être pas responsable des attaques.

Lucy n'arrivait pas à croire qu'elle disait ça.

— Mais il est quand même méchant, insista Jane.

— Peu importe. Nous devons le ramener à l'Académie.

Lucy banda son arc mais elle n'était pas sûre d'être assez proche pour toucher les vandales.

— Comment allons-nous récupérer Isaac ? Ces hommes sont effrayants.

Jane tremblait.

— Nous devons trouver une solution. Nous n'avons pas le choix, dit Lucy en rangeant son arc et ses flèches au profit de son épée.

— Prêtes, les filles ?

Phoebe et Jane suivirent Lucy, qui elle courait en direction des vandales, parée au combat.

— Isaac ! cria Lucy en se jetant sur un hors-la-loi et en le frappant de son épée en diamant.

— Lucy ?

Isaac était sous le choc.

Phoebe saisit une potion de dégâts qu'elle jeta sur un vandale pendant que Lucy et Jane les frappaient de leurs épées. L'un d'eux lâcha Isaac et se rua sur les filles. Pendant que Phoebe évitait des tirs, Jane le tapait pour laisser le temps à son amie de prendre une autre potion dans son inventaire.

Lucy fondit sur le vandale qui tenait Isaac. Alors qu'elle s'apprêtait à frapper, il resserra sa prise sur l'ancien directeur, pressant un peu plus sa lame sur son torse. Lucy recula, les mains en l'air, pour montrer qu'elle n'allait pas attaquer. Mais Jane et Phoebe vinrent à la rescousse ; elles venaient de liquider leur adversaire et elles surprirent celui qui tenait Isaac par-derrière avec leurs arcs et leurs flèches. Il lâcha un cri avant d'être détruit.

— Isaac, vous venez avec nous, ordonna Lucy.

— D'accord, répondit-il.

— Vraiment ? Vous allez nous suivre aussi facilement ? demanda Phoebe, surprise.

— Je préfère être en prison à l'Académie Minecraft qu'avec des vandales arc-en-ciel. Ils m'ont aidé à m'évader, mais je ne sais pas vraiment pourquoi ils m'ont libéré, admit Isaac.

— C'était la première fois que vous les rencontriez ? l'interrompit Lucy.

— Oui. Ils sont arrivés à ma fenêtre et m'ont dit qu'ils allaient me sortir de prison. Comment refuser une telle proposition ?

— Mais que voulaient-ils en échange ? demanda Lucy.

— Sur le coup, je n'en avais aucune idée. Mais, maintenant, je sais qu'ils voulaient que je les aide à organiser une violente attaque contre l'Overworld.

Lucy n'était pas sûre de comprendre pourquoi Isaac leur donnait ces informations. Elle imaginait qu'il était sous le choc et heureux d'avoir été sauvé mais elle ne savait pas si elle pouvait vraiment le croire.

Pourtant, elle demanda :

— Pourquoi refuser de les rejoindre ? Vous aimez préparer des attaques.

— C'est vrai, reconnut Isaac. Mais je ne leur fais pas confiance. Après avoir quitté le campus, ils ont été très agressifs avec moi, au lieu de me traiter en égal. Je pense qu'ils voulaient mon aide, mais qu'ils comptaient me détruire une fois mon rôle rempli.

Le groupe traversa en silence le marais jusqu'à la montagne près de l'école. Sur l'un de ses flancs, ils remarquèrent une large cavité.

— On dirait une mine, dit Jane en passant la tête dans la grotte obscure.

— Dommage que nous ne puissions pas l'explorer. Nous devons ramener Isaac à l'Académie, dit Lucy dans un soupir.

S'il y avait des diamants dans la mine, elle aurait pu les échanger contre des ressources pour réapprovisionner son inventaire. Elle s'apprêtait à partir quand le groupe perçut des pleurs.

— Vous entendez ça ? demanda Phoebe.

— Il faut découvrir qui se planque là-dedans. Quelqu'un a une torche ? poursuivit Lucy.

Elles furent surprises d'entendre Isaac répondre :

— J'en ai une. Voulez-vous que je l'allume et que je la place au mur ?

— Oui. Ça nous aiderait beaucoup, répondit Lucy.

La mine était très sombre et, malgré la lueur de la torche, il était difficile de voir. En s'enfonçant dans la caverne, les pleurs s'intensifièrent.

— Qui est là ? demanda Lucy.

— Nous sommes ici pour vous aider, ajouta Phoebe.

Jane repéra une personne au loin.

— Je crois que j'aperçois quelqu'un ! Suivez-moi.

Jane atteignit le bout du tunnel la première et se pencha vers la personne qui pleurait.

— Maya ? Que fais-tu là ?

Lucy se précipita.

— Maya ? Tout va bien ?

Maya se releva et se plaqua contre le mur de la grotte en tentant de retenir ses larmes.

— Faites attention. Cet endroit est plein d'araignées bleues, et il doit y avoir un générateur de creepers pas loin parce que j'en ai vu au moins cinq. J'ai eu de la chance qu'ils n'explosent pas.

— Mais comment as-tu atterri ici ? demanda Phoebe.

Maya s'approcha de la lumière et fit une grimace de surprise en voyant Isaac derrière Lucy.

— Que fait-il là ?

— Nous venons de le trouver. Nous le ramenons à l'Académie, expliqua Phoebe.

— Mais tu n'as pas répondu à notre question. Que fais-tu ici et pourquoi pleures-tu ? continua Lucy.

Maya prit une profonde inspiration.

— Quand nous étions dans le marais, je me suis réveillée plus tôt que vous. J'ai remarqué que je n'avais pas de nourriture dans mon inventaire. J'ai été paresseuse depuis le début des cours et je n'ai mangé qu'au réfectoire. D'ordinaire, je suis très douée pour avoir toutes sortes d'aliments dans mon inventaire.

— Soit, mais comment es-tu arrivée là ? insista Lucy.

— Quand je suis partie chercher à manger, j'ai été attaquée par deux êtres bizarres. Mais j'ai réussi à m'enfuir et j'ai couru me cacher ici. C'était horrible.

— Peux-tu décrire tes agresseurs ? demanda Lucy.

— Ils étaient arc-en-ciel. Et très méchants. Ils ont quasiment vidé mon inventaire. J'ai eu de la chance de pouvoir m'échapper, dit Maya en recommençant à pleurer.

— Les vandales ! Ils m'ont attaqué aussi, s'écria Isaac.

Lucy raconta au groupe ce qu'elle savait de ces hommes et de Daniel, leur dirigeant.

— Je crois qu'ils sont de retour, et que nous allons devoir les affronter de nouveau.

— Rentrons à l'école pour en parler à Stefan et à Victoria. Nous gérerons le problème le moment venu, dit Phoebe.

Tout le monde approuva et fit demi-tour pour quitter la mine.

Mais Lucy repéra un large trou dans le sol, non loin du chemin. Il était bleu et brillant.

— Des diamants ! Nous devons les extraire ! s'écria-t-elle.

Phoebe et Jane saisirent leurs pioches, mais Maya hésita.

— Attention aux araignées, rappela-t-elle en en frappant deux bleues, qui avançaient vers le groupe.

— Nous devrions malgré tout essayer de récupérer ces pierres précieuses. Ce serait de la folie de laisser passer des ressources d'une telle valeur, même si nous devons ramener Isaac à l'école.

Lucy descendit dans le trou. Elle rassembla les diamants le plus vite possible, aidée de Jane et Phoebe, puis de Maya et Isaac. Une fois toutes les pierres récupérées, Lucy fut la première à remonter.

Son cœur manqua un battement. Une armée de vandales arc-en-ciel bloquait la sortie.

— Oh non ! Nous sommes pris au piège, cria-t-elle aux autres.

Elle ne remarqua le creeper vert près d'elle qu'au dernier moment : quand il explosa.

Boum !

Lucy réapparut dans le marais. Elle était désespérément seule.

CHAPITRE 11

PRISONNIERS

Lucy s'extirpa du lit dans lequel elle avait dormi la veille. Elle ne savait pas quoi faire. Elle voulait retourner à la mine, mais il serait sans doute préférable de rentrer à l'Académie prévenir Victoria et Stefan. Il fallait leur dire que l'Overworld était menacé par d'anciens ennemis : les vandales arc-en-ciel.

Alors qu'elle venait de quitter son abri pour rejoindre le cœur de l'obscur marais, Lucy entendit un bruit dans son dos ; comme si quelqu'un l'appelait.

— Lucy, tu es là ? criait la voix.

Lucy revint sur ses pas.

— Maya ?

— Oui, c'est moi. Je me suis aussi fait détruire par un creeper, dit Maya en sortant.

— Et qu'est-il arrivé aux autres ?

— Ils ont été capturés par les vandales juste avant ma destruction. Nous devons les sauver !

— Comment ? Tu sais où ils sont ?

— Non, mais nous ne pouvons pas les abandonner. Il faut les aider.

Lucy était d'accord. Les deux filles coururent donc vers la grotte. Elles étaient épuisées en arrivant à la montagne.

Lucy se tourna vers Maya.

— Où crois-tu qu'ils se trouvent ?

Maya s'approcha de la mine à pas lents, observant les alentours.

— Je ne les vois pas.

Maya entra la première et saisit une torche qu'elle plaça au mur.

— Je crois que j'entends quelque chose, dit Lucy, s'arrêtant pour écouter.

Un bruit étouffé venait d'une paroi de la mine.

Lucy se rapprocha.

— Je parie qu'il y a un fort ou une pièce cachée de l'autre côté.

Maya rejoignit Lucy et colla son oreille au mur.

— Ça ressemble à un appel à l'aide !

— On dirait la voix de Phoebe, ajouta Lucy.

Elle frappa la paroi de son piolet, essayant de passer au travers.

— Arrête. Nous ne devons pas nous faire remarquer. Nous ne pouvons pas casser de mur. Il faut entrer discrètement.

— Mais comment ? Tu penses qu'il existe un passage ? demanda Lucy.

— Je n'en suis pas sûre, mais la force ne nous mènera à rien. Nous devons chercher un trou ou quelque chose.

Maya longea le mur, inspectant chaque recoin en quête d'une cavité.

Après une brève recherche, Lucy l'appela :

— Je crois que j'ai trouvé quelque chose.

Mais Maya ne répondit pas. Lucy leva les yeux sans voir son amie – elle avait de nouveau disparu.

Avant que Lucy ne puisse la chercher, une flèche l'écorcha au bras, et elle hurla de douleur.

— Je pensais qu'un creeper t'avait détruite, dit le vandale rose, visant Lucy.

— J'ai l'autre, annonça le vandale orange en sortant de l'ombre.

Il pointait son épée en diamant dans le dos de Maya.

— Vous voilà prisonnières, comme vos amis ! dit le vandale rose à Lucy.

— Jamais, résista cette dernière.

Il tira une nouvelle flèche, qui la toucha au bras gauche. Lucy ressentit une douleur atroce dans tout le corps. Elle perdait de la vie.

— Je vais continuer à te tirer dessus. Tu vas finir par être tellement affaiblie que tu seras obligée de m'obéir, ricana le hors-la-loi.

À contrecœur, Lucy se rendit. Les deux acolytes menèrent Lucy et Maya à travers un tunnel vers une large construction troglodyte. À son extrémité, Lucy vit Jane, Phoebe et Isaac.

— Vous voyez vos amis ? demanda le vandale orange aux filles. Vous allez bientôt les rejoindre.

Le rose éclata de rire.

— En prison.

Lucy était dévastée. Elle avait peur que personne ne les retrouve, et qu'ils passent le reste de leur vie enfermés dans cette grotte.

— Oui, nous avons une grande et belle cellule pour vous. Terminé les études, les filles. L'école est finie.

— C'est injuste, protesta Maya.

— Vous n'auriez pas dû tenter de nous arrêter, répondit le vandale orange.

Une fois les amis réunis, le rose les mena dans une pièce sombre.

— Voilà votre nouvelle demeure. Faites comme chez vous.

Il ferma la porte et le groupe put entendre le vandale orange rire alors qu'ils s'éloignaient.

Au fond de la cellule, deux yeux rouges les fixaient dans l'obscurité.

— Une araignée, hurla Lucy en la détruisant de son épée en diamant.

— Oh non ! Notre cellule est couverte de poissons d'argent, dit Isaac en regardant le sol.

Avec leurs épées, ils tentèrent de mettre fin à l'invasion de vermines.

— Il y en a d'autres, indiqua Phoebe.

Jane en vint à bout.

— Je suis épuisée, annonça-t-elle.

— Je n'ai pas de nourriture dans mon inventaire, et mon niveau de vie est critique, dit Maya, nerveuse.

— Combien de temps allons-nous rester prisonniers, à votre avis ? demanda Jane.

— Je pense que nous n'avons pas la moindre chance de nous échapper, répondit Phoebe.

— C'est horrible de dire des choses pareilles. Nous allons nous en sortir. Il le faut, la rassura Lucy.

Elle se montrait courageuse mais n'était pas sûre de croire en ses propres paroles.

CHAPITRE 12

AU SECOURS

Lucy observa le plafond. Il était vraiment trop haut pour espérer l'atteindre. En plus, il ne lui restait quasiment rien dans son inventaire, à part une pioche. Elle commençait à se demander si Phoebe n'avait pas raison et s'il n'y avait vraiment aucune issue. Lucy s'était déjà retrouvée dans de beaux draps mais, pour la première fois, elle ne pensait pas pouvoir s'échapper. Elle n'arrivait pas à croire qu'elle allait se faire battre par des vandales arc-en-ciel.

Elle se tourna vers Isaac.

— Vous échafaudez toujours des plans machiavéliques. Que devrions-nous faire, à votre avis ? Comment combattre cet ennemi ?

Isaac fixait le sol.

— Je n'en sais rien. Je suis vieux et à court d'idées. Pour la première fois, je comprends à quel point je suis horrible. Je passe mon temps à attaquer et faire du mal aux gens de l'Overworld, mais, jamais encore, je n'avais fait partie des victimes. Désormais, je vois ce que ça fait. Je suis vraiment un monstre, soupira-t-il.

Lucy voulut le réconforter mais elle savait qu'il avait raison. Il avait fait des choses horribles dans l'Overworld. Il avait détruit un nombre incalculable de maisons au TNT et terrorisé des villages en y générant des créatures hostiles.

Phoebe saisit sa pioche et frappa le mur.

— Du bedrock ! ragea-t-elle.

— Nous ne pouvons pas utiliser de cube de destruction ou nous allons y passer aussi, dit Lucy.

Phoebe cogna sa pioche sur l'autre paroi.

— Encore du bedrock.

— Nous sommes vraiment pris au piège.

Jane semblait au bord des larmes.

Tout le monde se figea en voyant le plafond s'ouvrir, laissant la lumière entrer.

— Par ici ! fit une voix.

Une échelle tomba par le trou du plafond, et leurs yeux s'acclimatèrent à la lumière soudaine, ils virent Victoria et Stefan.

— Vite ! Montez ! Nous sommes là pour vous aider, cria Victoria.

— Nous sommes libres ?

Jane n'arrivait pas à y croire.

— Oui, mais il faut se dépêcher. Cet endroit est plein d'arcs-en-ciel dangereux, dit Stefan.

Ils grimpèrent vers la lumière et, en quelques instants, ils furent tous dehors. Lucy repéra quelques vandales multicolores au loin.

— Comment allons-nous les éviter ? demanda-t-elle.

Victoria jeta une potion d'invisibilité sur le groupe, et ils gravirent la montagne aussi vite que possible.

— Je vois mes bras, remarqua Jane, une fois parvenue au sommet.

— Je te vois aussi, dit Lucy en souriant à son amie.

Victoria apparut à son tour. Elle annonça :

— Arrêtons-nous ici. Nous devons nous assurer que tout le monde est là.

Lucy était soulagée ; tous, y compris Isaac, étaient présents. Elle regarda en direction de l'Académie Minecraft.

— On dirait que la prison a été reconstruite.

— Oui, nous avons fait ça en votre absence. La plupart des étudiants sont de retour à l'école. Et je suis heureuse car leurs rapports indiquent que l'Overworld n'est pas attaqué. Les hommes arc-en-ciel n'en sont qu'aux prémices de leur plan, quel qu'il soit.

Cela les rassura, mais Stefan ajouta :

— Apparemment, ils s'attèlent à détruire notre école. Il se pourrait que cette guerre ne concerne pas l'Overworld ; seulement nous. Nous devons nous battre pour protéger l'établissement.

Victoria renchérit :

— Nous avons passé trop de temps sur cette montagne. Il nous faut rentrer. Nous avons beaucoup à faire.

Le groupe descendit à toute vitesse. Lucy fut ravie de se retrouver sur le campus. L'Académie lui avait manqué. Elle voulut se ruer dans son dortoir et se jeter sous les couvertures mais elle n'en eut pas l'occasion. À peine arrivée, le tonnerre gronda et la pluie se mit à tomber.

— Des squelettes ! hurla Phoebe alors qu'une flèche la touchait au bras.

Quatre créatures osseuses encerclaient Lucy. Elle n'allait pas les laisser la détruire ; elle ne voulait pas réapparaître dans le marais encore une fois. Mais le combat était rude. Elle n'avait plus de potions et elle perdait de la vie. Elle tenta de se remémorer les techniques utilisées par Eitan pour affronter les Wither squelettes, mais elle n'arrivait pas à se concentrer.

Une fille en pull violet et pantalon gris courut vers Lucy et l'aida à combattre les monstres. Ensemble, elles réussirent à les vaincre.

Alors que les créatures disparaissaient, la pluie cessa et le soleil revint. Lucy se présenta à son alliée.

— Je m'appelle Lucy. Merci de m'avoir aidée à vaincre ces squelettes.

Maya vint les rejoindre.

— Je vois que tu as rencontré ma compagne de chambre, Debbie. Je t'avais dit qu'elle était gentille.

Debbie sourit à Lucy.

— J'espérais que tu pourrais me faire participer au spectacle de fin d'année.

Lucy l'avait presque oublié. Comment y penser alors que l'école était la cible d'attaques ?

— Ça devrait pouvoir se faire. Nous aurons bientôt une autre réunion, dit-elle.

— Merci, répondit Debbie.

— Tu es très douée au combat, commenta Lucy.

— C'est ce qui m'a permis d'intégrer l'Académie Minecraft.

Lucy était une chasseresse habile mais elle voulait améliorer sa technique de combat. Elle espérait pouvoir apprendre de Debbie. Cependant, elle savait qu'elle devait d'abord arrêter les vandales.

Debbie retint un cri en voyant un groupe arc-en-ciel marcher sur le campus. Lucy se tourna vers elle.

— Je suis heureuse que nous combattions côte à côte, Debbie.

Les deux filles se ruèrent sur les hors-la-loi avec leurs épées en diamant. Elles étaient prêtes à sauver l'Académie.

Chapitre 13

Alerte au Wither

— À l'attention des étudiants. Nous subissons une attaque ! cria Stefan dans son haut-parleur.

Des flots d'élèves sortirent des dortoirs en direction du cœur du campus, prêts à combattre les vandales arc-en-ciel.

Victoria devait prendre une décision. Allait-elle escorter Isaac jusqu'à sa cellule ou affronter les ennemis ?

Isaac se tourna vers elle.

— Voulez-vous que je vous aide à vaincre ces vandales ?

— Isaac, je pense que vous devriez retourner en prison. Je suis désolée mais je ne peux pas me laisser distraire.

Isaac comprenait.

— Ça me paraît sensé.

Victoria l'escorta à sa cellule. Contrairement à la structure précédente, la prison était conçue pour ne pas être détruite.

— Il n'y a pas de fenêtres, nota Isaac.

— En effet. Nous devions nous assurer que vous ne pourriez pas communiquer avec l'extérieur ou, pire, vous évader.

Après s'être assurée que la pièce était bien fermée, elle sortit en courant aider les étudiants à combattre les vandales qui avaient envahi le campus.

Lucy était aux prises avec un homme orange et turquoise. Celui-ci avait jeté une potion de faiblesse sur la jeune fille, qui commençait à perdre de la vie et l'énergie nécessaire pour l'affronter. La voix de Lucy était faible ; elle put à peine appeler au secours.

— Ne t'inquiète pas. Je suis là !

Victoria se précipita à ses côtés. D'un coup de sa puissante épée, la directrice réussit à détruire le vandale multicolore.

Lucy la remercia d'une voix fluette.

Adam accourut pour donner une potion de soin à son amie.

— Prends ça. La bataille ne va pas être facile.

Lucy avala le breuvage.

— Adam, je n'arrive pas à croire que les vandales arc-en-ciel sont de retour.

— Je comprends. Nos anciens ennemis… Mais nous les avons vaincus par le passé ; nous allons y arriver une fois encore, répondit Adam, l'air grave.

Puis il tendit une autre fiole à Lucy.

— Qu'est-ce que c'est ? demanda-t-elle.

— Une potion de soin de secours. On ne sait jamais.

Avant même d'avoir fini sa phrase, il se jeta sur un vandale bleu qui courait près d'eux.

Lucy et Victoria aidèrent Adam à le vaincre. Alors que Lucy le frappait de son épée en diamant, elle repéra Maya qui se précipitait vers le dortoir. Lucy se demanda pourquoi Maya retournait vers les chambres alors que Stefan avait demandé à l'école tout entière d'aider à combattre l'armée d'hommes arc-en-ciel.

Adam porta le coup fatal au vandale bleu et se retourna pour taper dans la main de son amie.

— On l'a eu !

Lucy s'excusa et courut vers les dortoirs. Elle grimpa les marches jusqu'à la chambre de Maya, se planta devant la porte, tentant d'écouter les voix étouffées à l'intérieur. Elle distinguait celles de Maya et de Debbie ; elle ne put pas comprendre ce qui se disait à travers la porte.

Lucy frappa.

Maya lui ouvrit. Elle semblait surprise.

— Que se passe-t-il, Lucy ?

— Je t'ai vue courir vers le dortoir et j'ai eu peur que tu sois blessée. Stefan a demandé à tous les élèves de combattre les vandales. J'ai cru que quelque chose n'allait pas en te voyant te diriger ici.

Maya se tourna vers Debbie et balbutia :

— Euh… Je suis juste revenue voir Debbie. Elle a été blessée par des vandales, elle était fatiguée.

Lucy trouva cela étrange. Debbie était l'une des meilleures combattantes de l'Overworld et elle ne pouvait pas l'imaginer quitter le champ de bataille aussi rapidement.

— Vous prévoyez de rester ici ? demanda Lucy.

Au lieu de répondre, Maya aspergea sa camarade de potion de dégâts avant de la pousser pour se ruer dehors avec Debbie.

Lucy haleta. Sa confiance en Maya était ébranlée. Avec le peu d'énergie qu'il lui restait, elle fit le tour de la chambre en quête de quelque chose de suspect. Mais la pièce était vide – rien que deux lits et quelques livres.

Lucy marcha vers la fenêtre. Elle retint son souffle en voyant Maya et Debbie à l'entrée du dortoir. Elles formaient un T avec du sable des âmes et plaçaient des crânes de Wither squelette par-dessus.

Lucy prit une gorgée de la potion de soin qu'Adam lui avait donnée. Puis elle courut hors de la chambre en hurlant :

— Le Wither ! Elles invoquent le Wither !

Il était trop tard. Ça ne servait à rien d'avertir les autres élèves. Le Wither apparut, bleu, au centre du campus. La bête à trois têtes changea rapidement de couleur virant au noir à mesure qu'elle repérait les étudiants.

— Attention ! cria Adam à Lucy alors qu'un crâne volait dans sa direction.

Lucy l'esquiva et saisit son arc et ses flèches.

Adam poursuivit :

— Utilise la potion de soin. Ça affaiblit le Wither.

Il lui lança une fiole.

Lucy acquiesça, déterminée. Elle se mit à courir vers le Wither, jetant la potion sur la menace flottante. Il commença à perdre des cœurs. Adam se rua à ses côtés pour attaquer la bête et frapper une de ses têtes de son épée en diamant. En retour, le Wither cogna Adam avec un crâne et le détruisit.

— Adam ! hurla Lucy.

Elle était hors d'elle. Elle ignorait où son ami allait réapparaître, puisqu'il venait de rentrer de son voyage. Peut-être dans le biome taïga, incapable de poursuivre le combat.

Lucy lança les restes de potion de soin au monstre. Elle se retourna pour trouver du secours et vit que la directrice et son adjoint venaient de la rejoindre.

Des crânes de Wither touchaient Victoria et Stefan, encore et encore, et ils perdaient de la vie. Lucy tentait de détruire le Wither avec son épée, seulement son énergie s'épuisait, elle aussi.

Lucy fut soulagée de voir Phoebe et Jane attaquer le Wither de leurs épées en diamant. Mais quand Maya et Debbie accoururent avec des potions, elle fut profondément choquée. Elles les lancèrent sur le Wither, et la bête fut détruite, lâchant une étoile du Nether.

— Maya et Debbie, nous vous devons une fière chandelle ! s'écria Victoria.

Lucy haleta.

— Non, c'est faux !

Stefan la regarda, confus.

— Qu'est-ce que tu racontes, Lucy ?

— Ce sont elles qui ont invoqué le Wither.

Lucy pointa du doigt Maya et Debbie qui la dévisageaient les yeux écarquillés en secouant la tête.

— Vraiment ? Pourquoi détruiraient-elles ce qu'elles ont invoqué ? demanda Victoria.

Elle fronça les sourcils et, en regardant autour d'elle, Lucy vit que tout le monde la fixait comme si elle était devenue folle.

Maya ajouta :

— Lucy, je pense que cette bataille a été trop difficile pour toi. Tu imagines des choses.

— Non, pas du tout ! Je... bafouilla Lucy.

— Lucy, arrête un peu, dit Stefan.

— Attendez ! Phoebe, Jane, vous me croyez, non ? Je l'ai vu de mes yeux !

Lucy implorait ses amies, en vain.

Phoebe ouvrit la bouche pour répondre, mais Victoria la coupa.

— Ça suffit. La journée a été longue et tu es fatiguée. Je suis sûre que tu as mal vu.

Mais Lucy savait qu'elle avait raison. Elle se demanda quel autre plan macabre Maya et Debbie préparaient.

Chapitre 14

Quel est ton talent ?

Deux jours s'étaient écoulés depuis l'attaque des vandales arc-en-ciel et du Wither, et tout était calme. Sans le moindre ennemi à l'horizon, Victoria et Stefan annoncèrent enfin le retour à l'emploi du temps normal. De son côté, Lucy n'arrivait pas à croire que Maya et Debbie étaient traitées en héroïnes alors qu'elle savait qu'elles travaillaient pour les vandales.

Lorsqu'elle entra dans le réfectoire l'après-midi de la reprise des cours, Phoebe et Jane l'appelèrent depuis la file du buffet.

— Par ici ! Nous sommes au niveau des fruits.

Depuis l'incident du Wither, Lucy avait évité ses amies. Elle ne leur parlait que dans le dortoir avant de se coucher quand elle n'avait plus moyen de les éviter. Lucy aurait aimé avoir sa propre chambre. Elle souhaitait que Victoria et Stefan la laissent quitter le campus pour passer du temps dans la ferme de Steve histoire de faire une pause, de se vider la tête. Mais elle avait entendu que ses amis la cherchaient et elle savait que Phoebe et Jane s'inquiétaient pour elle. Dans un soupir, elle prit un plateau et alla les rejoindre.

— Tu veux une pomme ? demanda Jane.

— Moui, marmonna Lucy.

Phoebe la regarda de travers.

— Qu'est-ce qui te prend, Lucy ? Tu es bougonne depuis que le Wither a été détruit. Ça ne te réjouit pas que les attaques contre l'Overworld semblent terminées ?

— Non. Je suis contrariée parce que je sais que Maya et Debbie sont liées à ces attaques et que Victoria et Stefan ne me croient pas, confessa-t-elle.

Phoebe répondit :

— Peut-être qu'ils ne te croient pas, mais Jane et moi, si.

— Vraiment ? demanda Lucy.

— Oui. C'était difficile au début parce qu'elles ont combattu le Wither avec nous, mais nous savons que tu ne mentirais pas, intervint Jane.

Une vague de soulagement parcourut Lucy.

— Merci pour votre confiance. Désolée de vous avoir évitées. Vous allez m'aider à convaincre Victoria et Stefan ?

Phoebe acquiesça.

— Peut-être qu'on en aura l'occasion à la réunion pour le spectacle. Tu y seras ?

Lucy acquiesça et remplit son plateau de nourriture. Elle se sentait beaucoup mieux.

À la réunion, elle sonda la salle à la recherche de Maya, mais elle n'était pas là. Même sans le regarder,

Lucy pouvait entendre Stefan résumer ce qui était déjà prévu pour l'occasion.

— Aurons-nous le droit de participer ? Enfin, je veux dire, nous travaillons sur le spectacle mais allons-nous pouvoir faire un numéro ? demanda Phoebe.

— Bien sûr. J'espère que vous allez tous passer les auditions.

À ce moment, Maya et Debbie se glissèrent au fond de la pièce. Mais la réunion se terminait.

Stefan annonça :

— Les auditions se tiendront demain, après le petit déjeuner.

Puis il descendit de la scène.

Alors que tout le monde quittait la salle, Lucy oublia de parler à Stefan, préférant prendre en filature Maya et Debbie. Elle était curieuse de savoir où elles allaient et pourquoi elles étaient en retard, mais elle fut déçue de les voir simplement retourner au dortoir.

Lucy se mit au lit en soupirant. Peut-être que Maya et Debbie passeraient les auditions pour le spectacle le lendemain et qu'elle pourrait fouiller leur chambre en quête d'indices pendant ce temps.

Ses camarades arrivèrent à leur tour.

— Tu es déjà couchée ? demanda Phoebe.

— Tu ne t'entraînes pas pour l'audition ? ajouta Jane.

— Je n'ai aucun talent, répondit Lucy.

— Bien sûr que si. Tu fais partie des chasseurs les plus habiles de l'Overworld.

Phoebe lui sourit.

— Merci, mais je ne supporte pas l'idée de tous ces yeux braqués sur moi. En plus, comment vais-je chasser sur scène ? demanda Lucy, tremblante.

— Facile. Stefan s'arrange pour que les gens puissent préparer des potions, chasser et se battre sur scène. Il veut que le spectacle reflète tout ce qui se fait à l'Académie Minecraft, expliqua Phoebe.

— J'ai entendu Debbie dire qu'elle auditionnerait pour la partie combat, dit Jane.

— Eh bien, c'est une combattante incroyable. J'aurais juste préféré qu'elle ne travaille pas en secret pour les vandales arc-en-ciel.

— Ce n'est pas parce que tu l'as vue faire apparaître le Wither avec Maya qu'elle travaille pour les vandales. Elles avaient peut-être une autre raison, dit Jane.

— Mais laquelle ? demanda Lucy.

Phoebe et Jane haussèrent les épaules.

— Je pense simplement que, même si faire apparaître le Wither était horrible, ça ne veut rien dire en soi, répondit Phoebe.

Lucy avait envie de hurler : « Mais comment conclure autre chose ? Pourquoi personne ne veut jamais me croire ? »

Ses mots furent interrompus par quelqu'un frappant à la porte. Phoebe ouvrit et eut la surprise de voir Maya et Debbie, l'une derrière l'autre.

— Il faut qu'on vous explique quelque chose, dit Maya.

Chapitre 15

Les bêtes osseuses

Lucy avait hâte d'entendre l'histoire de Maya et Debbie – elle était sûre qu'elles allaient avouer travailler pour les vandales – mais, à la seconde où Maya se mit à parler, une violente explosion retentit.

Boum !

— C'était quoi ?

Lucy se précipita à la fenêtre.

De la fumée s'élevait du bâtiment principal et des squelettes marchaient sur le campus verdoyant.

— Oh non ! Une nouvelle attaque ! s'écria Lucy.

— C'est presque le soir – davantage de squelettes vont pouvoir apparaître avec le coucher du soleil ! dit Phoebe en saisissant son épée dans son inventaire.

Elle sortit de la chambre en courant pour affronter les bêtes osseuses. Lucy et les autres la suivirent pour rejoindre le cœur de la bataille. Lucy enfila son armure tout en courant, ravalant sa frustration de ne pas avoir pu écouter les aveux de Maya et Debbie.

En arrivant au bas des marches, quatre squelettes décochèrent des flèches.

— Aïe !

Lucy hurla de douleur lorsqu'une pointe transperça son bras nu.

À sa grande surprise, Maya s'avança vers le squelette avec son épée en diamant et le détruisit. Lucy ne savait pas comment interpréter ces actes ; Maya avait invoqué le Wither mais elle la défendait toujours lors des batailles. Cela n'avait aucun sens. Cependant, elle n'avait pas le temps de résoudre ce mystère, elle dégaina donc son épée en diamant et se joignit à sa camarade.

À l'aide de potions et de leurs armes, Phoebe et Jane anéantirent le reste des squelettes dans l'escalier. Elles étaient confiantes en sortant du bâtiment mais s'arrêtèrent net en apercevant l'armée osseuse qui emplissait le campus.

— Comment allons-nous abattre tous ces squelettes ? demanda Lucy, sous le choc.

— Nous ne sommes pas seules, dit Phoebe en désignant tous les autres élèves qui se battaient.

Même si tout le corps étudiant affrontait les morts-vivants, le combat restait serré.

Lucy s'adressa à ses amies :

— Nous devons trouver le générateur. C'est notre seule chance de survie.

Maya acquiesça.

— Suivez-moi ! cria-t-elle.

Puis elle les ramena dans le bâtiment, descendit l'escalier vers le sous-sol mal éclairé. Maya sortit une torche qu'elle plaça au mur, illuminant le générateur au milieu de la pièce.

— Maya, tu as toujours su où il se trouvait ? demanda Jane en l'aidant à désactiver le générateur avec Debbie.

Maya ne répondit pas. Elle pinça les lèvres, travaillant en silence.

— Debbie, tu peux nous expliquer ? demanda Phoebe.

— Qu'est-ce que vous manigancez, toutes les deux ? demanda Lucy.

— Le générateur est désactivé. Que voulez-vous de plus ? repartit Maya, froidement.

— Vous êtes venues dans notre chambre pour nous dire quelque chose. C'était quoi ? demanda Lucy.

Maya fit une pause.

— Nous allions vous parlez, mais je pense qu'il vaut mieux vous laisser en dehors de tout ça. C'était une erreur.

— Dire la vérité n'est jamais une erreur.

Lucy fixait Maya et Debbie. Cette dernière, au bord des larmes, regardait son amie.

— Qu'est-ce qui te prend ? Arrête ! mordit Maya.

— Je suis à bout de nerfs. Je ne peux plus garder ce secret. Je n'ai jamais demandé à faire partie de ça, pleura Debbie.

— Tu ne peux rien leur dire. C'est trop dangereux, dit Maya à son amie.

— Pourquoi ? demanda Lucy.

Avant que Debbie ne puisse répondre, une voix familière se fit entendre depuis l'escalier.

— Je peux tout vous expliquer.

Le groupe leva les yeux et aperçut Isaac, une épée en diamant à la main.

CHAPITRE 16
BATAILLE À L'ÉCOLE

— Isaac, vous étiez derrière ces attaques ?

Lucy était sous le choc. Elle pensait que l'ancien directeur s'était racheté.

Maya s'empressa de le défendre :

— Non, ce n'était pas lui.

— C'est Liam et Dylan, lâcha Debbie.

— Qui ça ? demandèrent Phoebe et Jane en chœur.

— Les nouveaux dirigeants des vandales arc-en-ciel. Isaac et moi avons travaillé pour eux. Ils nous ont dit qu'ils nous passeraient en mode hardcore si nous refusions de les aider, dit Maya, la tête basse.

— Quand tout ça a-t-il commencé ? demanda Lucy, éberluée.

Maya se tourna vers elle.

— Liam et Dylan m'ont surprise quand j'étais en route pour l'école, au début de l'année. Ils m'ont forcée à trouver où Isaac était retenu prisonnier, à les aider à mettre en place les pistons et faire évader Isaac pendant que tout le monde était en cours. Ils m'ont demandé de vous attirer dans la mine pour pouvoir vous attraper aussi.

Lucy, Phoebe et Jane échangèrent un regard.

— Mais comment Debbie s'est retrouvée impliquée ? interrogea Lucy.

— Il fallait que je parle à quelqu'un de ce que Liam et Dylan me faisaient subir, donc je le lui ai dit. Elle savait que si je n'invoquais pas le Wither le jour de leur attaque, ils me passeraient en mode hardcore, et elle m'a proposé son aide, dit Maya tremblante.

— Merci pour ton honnêteté. Nous savons tous à quel point cette menace peut être effrayante.

— Ils n'en ont pas fini avec nous ni avec l'Académie Minecraft. Ils veulent que j'invoque le Dragon de l'Ender aujourd'hui. Deux vandales m'ont aidé à m'évader pour que je puisse le faire. Mais je n'en ai pas envie. Je préfère encore me faire détruire en mode hardcore.

Lucy s'empara de son épée en diamant et serra les dents.

— Nous trouverons une solution. Nous allons vaincre ces vandales, ensemble.

— Comment ?

La voix de Maya tremblait.

— Où sont Liam et Dylan ? demanda Lucy.

— Ils vivent dans une grotte dans la montagne, répondit Maya.

— Alors, nous allons nous y rendre et les détruire.

Lucy monta l'escalier à toute vitesse, suivie par tous les autres.

Mais ils n'eurent pas à quitter le campus pour trouver les chefs des vandales.

— Les voilà ! cria Maya en indiquant l'entrée des dortoirs.

Lucy courut vers l'homme au casque de cuir teint en orange.

Elle agita son épée et ordonna :

— Rendez-vous !

L'homme éclata de rire.

— Je n'ai pas à t'obéir.

Maya rejoignit Lucy.

— L'homme au casque orange, c'est Dylan. Liam porte un casque bleu.

Phoebe et Isaac foncèrent sur Liam.

— Isaac, Maya, vous n'êtes pas très doués pour garder un secret, dit ce dernier.

— Ce soir, nous vous passons en mode hardcore. Dites au revoir à vos amis, ajouta Dylan.

— Non ! Votre règne est terminé. Personne n'attaque l'Académie ! C'est un endroit pour étudier en paix, dit Lucy en frappant Dylan de son épée en diamant.

Liam rit de plus belle.

— Vous croyez que je ne connais pas l'Académie Minecraft ? J'étais étudiant ici, il y a des années, avant qu'Isaac en soit le directeur.

Isaac se figea.

— Je l'ignorais.

— Exactement. Vous l'ignoriez. J'étais un des meilleurs élèves de l'école. J'ai reçu un certificat d'excellence. Mais quand je suis parti, j'ai compris que c'était bien plus amusant d'utiliser mes talents pour faire le mal. Je ne veux pas développer l'Overworld – je veux le détruire !

Liam lâcha un rire strident, qui attira l'attention de Victoria et Stefan. Ces derniers laissèrent derrière eux les zombies qu'ils affrontaient pour les rejoindre.

— Liam ? C'est toi ? demanda Stefan éberlué.

— Oui, Stefan. Je suis de retour et je compte bien détruire l'Académie, annonça Liam.

— Mais pourquoi ? Tu étais un étudiant si brillant.

— C'est vrai, j'étais un combattant habile. À présent, je suis encore meilleur.

Liam se jeta sur Stefan avec son épée en diamant et enfonça sa lame dans le torse de l'administrateur.

Eitan affrontait trois vandales quand il vit Liam attaquer Stefan. Il quitta le combat et chargea l'arc-en-ciel tout en l'aspergeant de potion de sa main libre.

Victoria mit Stefan à l'abri pour lui donner une potion de soin ; il en but une gorgée et regarda Eitan combattre Liam.

Ne voulant pas rester sans rien faire, Lucy se guérit et frappa Dylan de son épée. Phoebe et Jane se joignirent à la bataille. Mais, alors que Dylan était sur le point de disparaître, Lucy les interrompit.

— Attendez ! Nous ne voulons pas qu'il réapparaisse dans la grotte. Isaac, conduisez-le en prison et placez-le dans une cellule en bedrock.

Isaac escorta un Dylan affaibli jusqu'à sa geôle pendant qu'Eitan combattait Liam.

— Tu étais un de mes meilleurs élèves et te voilà maintenant un des pires ennemis de l'école. Tu n'es même pas capable de vaincre ton professeur, cria Eitan en frappant Liam une fois de plus.

— Oh que si. Et je vais vous le prouver, répondit Liam en touchant Eitan.

— Tu as toujours été trop sûr de toi. C'est ton point faible.

Il ne restait plus beaucoup d'énergie à Liam. Il avait à peine la force de se tenir debout ou de soulever son épée.

Maya cria à Eitan :

— Je pense que nous devrions l'emprisonner.

— Jamais ! cria Liam à bout de forces.

— Tu es épuisé, Liam. Encore un coup d'épée et tu seras vaincu. Nous ne pouvons pas nous le permettre. Nous voulons que tu restes ici, dit Eitan.

Maya et Lucy prirent chacune un bras du renégat pour le conduire en cellule.

Lucy se tourna vers lui.

— Eh bien, la bataille est terminée, on dirait.

Liam ricana faiblement.

— C'est ce que tu crois.

Un rugissement retentit dans tout le campus. Lucy regarda en l'air, terrifiée. C'était le Dragon de l'Ender.

Isaac hurla :

— Impossible ! Je ne l'ai pas invoqué !

Liam répondit :

— Mais moi, si !

CHAPITRE 17
DE FLÈCHES ET D'ÉPÉES

Victoria et Stefan se redressèrent d'un bond. Ils coururent vers le Dragon de l'Ender dont l'aile écaillée frappait un des dortoirs, créant un trou béant sur le flanc du bâtiment.

— C'est mon dortoir ! cria Lucy.

Liam gloussa.

— Je me demande si ton lit est toujours là, si tu as encore un endroit où réapparaître.

— Tais-toi ! hurla Maya.

Elle le mena à la prison de bedrock. Dès que la cellule fut fermée, Maya et Lucy foncèrent vers le dragon vicieux qui survolait le campus.

La queue de la bête percuta le réfectoire, dont une partie s'effondra. Lucy dû plonger derrière une pile de gravats pour se protéger. Comme le dragon volait bas, elle en profita pour le frapper avec son épée.

Le monstre rugit de douleur et plusieurs de ses cœurs s'évaporèrent. Lucy était heureuse de cette petite victoire, mais la bataille était loin d'être terminée. Soudain, Adam se trouva à ses côtés – il n'avait pas dû réapparaître bien loin. Il sortit son arc et ses flèches.

— Bonne idée, commenta Lucy.

Elle savait qu'il serait plus simple de toucher la bête à distance que de continuer à le frapper avec son épée. Adam visa le Dragon de l'Ender, le toucha à la tête.

Lucy fit de même et le projectile atteignit lui aussi la gueule de la créature. Le dragon perdait de l'énergie mais il restait extrêmement puissant.

— Nous devons continuer à l'épuiser ! dit Adam.

Le monstre balaya le sol, détruisant deux vandales avec ses ailes.

— Au moins, il ne sait pas de quel côté il combat, remarqua Lucy.

— Tu as raison. Le dragon détruit notre ennemi.

Victoria et Stefan le blessèrent au flanc avec des flèches, et la bête hurla de plus belle.

Lucy et Adam continuèrent à lancer des flèches sur le dragon affaibli, puis ils regardèrent Phoebe, Jane, Maya et Debbie courir vers l'animal, épées au poing, et frapper la bête volante. Le Dragon de l'Ender lâcha un dernier cri avant d'exploser.

Lucy était soulagée mais, en regardant autour d'elle, elle vit plusieurs hommes arc-en-ciel attaquer des élèves.

— Nous devons arrêter ces hors-la-loi, dit-elle à Adam qui se jetait déjà dans la mêlée.

Le duo se précipita au cœur du campus et combattit les vandales restants. L'un d'entre eux, orange, s'avéra être un adversaire de taille.

Alors que Lucy le frappait de son épée en diamant, elle lui dit :

— Je ne comprends pas pourquoi vous attaquez encore les gens sur le campus, ni même pourquoi vous me combattez. Votre dragon a été détruit, vos dirigeants sont en prison. N'est-ce pas une leçon suffisante ?

— Nous avons promis de livrer bataille jusqu'au bout, répondit-il férocement en se jetant sur Lucy.

La jeune fille le frappa une dernière fois : l'homme disparu, sans vie.

— C'est enfin terminé, se dit-elle.

— Lucy ! À l'aide ! cria cependant Adam.

Deux vandales bleus l'attaquaient, et il était en mauvaise posture.

Alors que Lucy courait vers le garçon, elle vit une horde d'endermen dégingandés apparaître sur le campus. Lucy regarda le ciel. Il faisait nuit et elle savait que des créatures hostiles allaient bientôt déferler. Ils devaient en finir rapidement avec cette bataille.

— Ne regardez pas les endermen, cria Lucy en courant vers Adam.

Trop tard. L'un d'eux hurla et se téléporta à côté de Phoebe, qui appela Lucy à l'aide. Lucy était partagée. Elle savait qu'elle ne pouvait pas secourir ses deux amis à la fois.

Elle se tourna vers Adam. Il était entouré de hors-la-loi arc-en-ciel.

Elle s'adressa à Phoebe :

— Cours vers l'eau le plus vite possible ! Il y a une mare juste en dehors du campus.

— Lucy ! cria Phoebe.

Mais la jeune fille avait déjà rejoint Adam. Elle frappa l'un des vandales et l'annihila. Elle croisa la lame avec un autre vandale dans un combat acharné. Adam utilisa ses dernières forces pour lancer une potion de dégâts sur l'homme. Lucy profita de son instant d'inattention pour lui plonger son épée dans la poitrine et le détruire.

Elle essuya la sueur de son front et regarda autour d'elle. L'armée de vandales avait été vaincue, mais ses amis n'étaient pas encore en sécurité.

— Nous devons aider Phoebe ! dit-elle en courant vers la mare.

Elle devait s'assurer que la créature n'avait pas blessé son amie.

Lucy vit que Phoebe atteignait justement l'eau.

Elle cria :

— Dépêche-toi ! L'enderman est juste derrière toi.

Phoebe sauta dans l'eau bleue et profonde. Lucy était soulagée, mais elle entendit bientôt un nouveau cri. Un enderman se téléportait, prêt à l'attaquer. Lucy courut vers la mare sans être sûre d'avoir le temps d'y arriver. Le monstre était dans son dos – elle pouvait sentir son souffle alors qu'il tentait de la rattraper. Elle sauta dans l'eau, récoltant au passage quelques éclaboussures au visage.

Quand l'enderman, la suivant, fut détruit, elle nagea vers son amie et, ensemble, elles regagnèrent la rive, Phoebe s'appuyant sur Lucy.

— Nous devons faire attention aux créatures hostiles, dit Adam à ses deux amies.

— Oui, les combats nocturnes sont très dangereux, répondit Lucy en s'écartant de Phoebe.

— Attention ! cria Adam.

Lucy se retourna et repéra un creeper mais il était trop tard ; il la détruisit en explosant.

Lucy fut soulagée de réapparaître dans son lit ; il n'avait pas subi de dommages, elle n'avait pas quitté le campus. Ses yeux allèrent du trou béant dans le mur à Phoebe qui se tenait près d'elle.

— Que s'est-il passé ? demanda Lucy.

— C'est terminé. Nous avons gagné !

Phoebe souriait.

Maya, Debbie et Jane firent irruption dans la chambre.

— Nous avons vaincu les vandales arc-en-ciel !

— Il fait encore nuit, nous devons nous montrer très prudentes. Beaucoup de créatures rôdent encore, leur rappela Phoebe.

Jane observa l'ouverture dans le mur.

— Ce trou nous expose au danger. Nous devons le colmater.

Maya prit la parole :

— Par chance, le Dragon de l'Ender a laissé l'autre côté du bâtiment intact. J'y ai repéré une grande pièce vide. Voulez-vous que je prépare des lits et qu'on dorme toutes là-bas ?

— Super ! Allons-y ensemble, comme ça nous pourrons t'aider, s'écria Lucy.

Les cinq filles fabriquèrent rapidement de nouveaux lits dans lesquels elles se glissèrent, tirant les couvertures sur elles.

— Vous croyez que les auditions pour le spectacle auront quand même lieu demain ? demanda Debbie.

— J'en suis sûre. J'ai hâte de continuer les préparatifs. J'ai plein d'idées, répondit Lucy.

— Moi aussi ! Je veux m'occuper de la décoration de la scène, ajouta Jane.

La tête pleine de projets pour les festivités, épuisées par le combat difficile de cette nuit, les filles tombèrent dans un profond sommeil.

Chapitre 18

Bonnes amies

Le lendemain matin, Lucy et ses amies purent évaluer les dommages causés par la bataille de la veille, à la lumière du jour. Elles passèrent devant la chambre de Lucy, remplie de gravats. Le cœur du campus avait été détruit, et il y avait une large crevasse dans le sol.

— C'est quoi, ce trou ?

Lucy s'en approcha pour l'observer.

— On dirait qu'il a été causé par une explosion de TNT.

Phoebe lui expliqua :

— Hier soir, Jane et moi avons utilisé des blocs d'explosifs pour détruire une partie de l'armée vandale, regroupée ici. Voilà le résultat.

Maya ajouta :

— Tu aurais dû les voir. De vraies guerrières.

Lucy sourit à Phoebe et Jane. Elle était impressionnée par leurs talents.

— Vous avez sauvé l'Académie Minecraft.

— Non. Nous avons tous sauvé l'école, clarifia Phoebe.

Stefan et Victoria se trouvaient devant le réfectoire. Ils saluaient les étudiants et les remerciaient pour leur aide.

Stefan s'approcha des filles.

— Nous assurons les auditions pour le spectacle aujourd'hui, comme prévu, et j'espère que vous allez assister à la réunion juste après. Nous n'avons pas beaucoup de temps pour organiser l'événement, tout le monde devra donc mettre la main à la tâche. Rendez-vous dehors, sur la pelouse, en attendant la reconstruction de la salle de réunion.

— Comptez sur nous. Nous avons hâte, répondit Lucy.

Quand elles entrèrent dans le réfectoire, Adam leur fit signe et marcha vers Lucy.

— Je suis tellement content que le combat soit fini.

— Moi aussi. Je me sens mieux en sachant que Liam et Dylan sont derrière les barreaux, dit Lucy.

— Et Isaac, ajouta Adam.

Lucy n'en crut pas ses oreilles.

— Attends, Victoria et Stefan ont remis Isaac en prison ? Mais il a changé ! Nous devons faire en sorte qu'ils le libèrent – il n'est pas en sécurité avec Liam et Dylan.

Adam était d'accord, mais, à ce moment-là, Phoebe les rejoignit.

— Nous devons nous dépêcher de finir de manger ou nous serons en retard aux auditions.

Le groupe dévora pain, pommes et gâteau, et Lucy pensa au meilleur moyen de convaincre Victoria et Stefan de laisser sortir Isaac. Elle souhaita bonne chance à ses amis qui allaient auditionner et gagna la pelouse près de la prison. Elle pensait à Isaac dans sa cellule, livré à lui-même. Elle devait faire quelque chose.

À la réunion après les auditions, Stefan annonça quel rôle tiendrait chacun lors du spectacle.

— Il n'y a plus qu'un poste à pourvoir : il nous faut un juge pour déterminer la meilleure performance dans chaque catégorie, quelqu'un ayant des connaissances dans toutes les matières enseignées à l'Académie Minecraft.

C'était sa chance ! Lucy leva la main.

— Je pense qu'Isaac serait le juge idéal.

Les élèves rassemblés dans la pièce étouffèrent un cri.

— Il a combattu à nos côtés contre les vandales arc-en-ciel et il a pris le risque de passer en mode hardcore en refusant de faire apparaître le Dragon de l'Ender. Je pense qu'il mérite de pouvoir prouver qu'il a changé, argumenta Lucy.

Stefan marqua un temps d'arrêt et se tourna vers Victoria. Elle opina du chef et Stefan répondit :

— D'accord, Lucy. Nous allons lui laisser une chance.

— Pouvons-nous aller lui annoncer ? demanda Lucy.

Le groupe se rendit à la prison. Isaac fut sous le choc en voyant tout ce monde devant sa cellule.

— Que faites-vous ici ? demanda-t-il.

Victoria prit la parole.

— Nous aimerions que vous soyez le juge de notre spectacle.

— Moi ?

— Oui, vous étiez le directeur pendant des années et vous connaissez les disciplines de l'école sur le bout des doigts. Vous êtes tout désigné, dit Victoria en souriant.

Isaac était ravi.

— J'en serai très honoré.

Tout le monde sortit au grand air, prêt pour le spectacle.

Debbie accourut vers ses amis.

— Vous avez entendu ? J'ai été retenue ! Je vais participer à un numéro de combat.

— Oui, c'est vraiment génial, s'écria Lucy.

— Demain, nous aurons notre première répétition, annonça Stefan.

Chapitre 19

Le spectacle

Quelques jours plus tard, l'école grouillait d'activité alors que tout le monde se préparait pour le début du spectacle. Lucy était excitée. Même si ses amis avaient eu des rôles, qu'ils allaient se produire sur scène, elle préférait s'occuper de l'organisation et était contente de sa fonction de régisseuse.

Quand Adam lui avait demandé pourquoi elle ne montrait pas ses talents de chasseresse, elle avait répondu :

— J'aime chasser seule et je le fais pour nourrir mes amis. Je ne suis pas du genre à vouloir être sous les feux de la rampe.

Même s'il était ravi de faire partie du spectacle – il allait préparer des potions –, Adam avait compris le point de vue de son amie.

Pourtant, le jour J, il vint trouver Lucy dans les coulisses.

— Je sais que tu n'aimes pas la scène, mais pourrais-tu envisager d'être mon assistante ? demanda-t-il.

Lucy hésita. Elle voulait aider Adam et elle savait que cette représentation était importante pour lui.

— Nous travaillons si bien ensemble. Je sais que j'ai besoin de toi pour que mon numéro soit parfait, dit Adam en la voyant hésiter.

Lucy bougonna mais accepta.

— J'espère que tu vas me faire disparaître avec une de tes potions.

— Oui ! Mais je vais aussi te faire réapparaître, dit-il en souriant.

Quelques secondes plus tard, Lucy était sur scène avec Adam.

— Voici une potion de faiblesse, annonça-t-il au public avant de la jeter sur Lucy.

Elle se sentit terriblement faible.

— Et maintenant, une potion de force.

Il la lança sur Lucy qui se sentit pleine d'une énergie incroyable.

— À présent, je vais faire disparaître mon assistante, annonça Adam.

Lucy fut soulagée quand il l'aspergea de potion. Comme elle avait accès au conducteur du spectacle en tant que régisseuse, elle savait que son rôle dans le numéro d'Adam touchait à sa fin. Pourtant, alors qu'Adam la rendait de nouveau visible, elle constata qu'elle avait aimé faire partie du show et voir la réaction du public depuis la scène. Peut-être n'était-ce pas si horrible d'être sous le feu des projecteurs.

Tout le monde applaudit à la fin de la représentation et Phoebe attrapa Adam et Lucy dans les coulisses.

— Adam, tu as été génial ! Et Lucy, tu fais une super-assistante.

Ils remercièrent leur amie puis se dépêchèrent de trouver une place dans le public. Ils voulaient voir Debbie combattre.

Debbie était en duo avec une autre épéiste de talent. Les deux filles se tenaient au centre de la scène.

Victoria annonça :

— Que le combat commence.

Debbie et son adversaire se battaient avec leurs épées en diamant. Debbie blessa sa rivale qui lâcha son arme. Quand elle tenta de la récupérer, Debbie asséna le coup fatal et l'autre fille fut détruite.

— Nous tenons notre vainqueur ! Debbie, tu viens d'établir le record du duel le plus rapide de l'histoire de l'Académie, annonça Victoria.

Debbie était radieuse. Elle se précipita vers Maya.

— Tu te rends compte ? J'ai gagné !

— Bien sûr. Tu es une des meilleures épéistes de l'Overworld, répondit Maya en souriant.

À la fin de la représentation, Isaac remit les récompenses aux numéros les plus impressionnants. Debbie reçu le titre de meilleure combattante.

Adam fut surpris d'entendre son prénom.

Isaac annonça :

— Adam, non seulement tu es un maître en alchimie mais tu as mis en place un numéro époustouflant.

Tu peux remercier ton assistante, Lucy, de t'avoir aidé.

Adam monta sur scène et demanda à son amie de le rejoindre.

— Cette récompense est aussi la tienne.

Lucy regarda la foule en souriant. Oui, elle aimait être sous les feux de la rampe, après tout.

Quand les derniers vainqueurs furent annoncés, Isaac avait terminé son travail. Lucy, voyant Victoria commencer à raccompagner l'ancien directeur à sa cellule, se sentit mal. Isaac avait été un excellent juge et il les avait vraiment aidés durant la bataille contre les vandales arc-en-ciel. Comment Victoria pouvait-elle ne pas le voir ? Elle leur courut après, touchant le coude de la directrice pour qu'elle s'arrête.

— Isaac doit-il vraiment retourner en prison ? demanda-t-elle.

— Lucy, ce n'est pas le moment d'en discuter, répondit Victoria.

Isaac se tourna vers Lucy.

— Je sais que tu veux agir pour le mieux, mais tu te trompes à mon sujet. Je dois retourner en prison. J'ai fait des choses horribles contre l'Overworld, et de nombreuses personnes doivent encore reconstruire leur vie suite à mes actions. Ça ne me dérange pas d'être en cellule. Ça me laisse le temps de réfléchir à comment devenir une bonne personne.

— Mais Isaac, vous avez été un juge exemplaire, dit Lucy à l'ancien directeur.

— Merci. Je suis tellement reconnaissant d'avoir eu cette opportunité. Ça m'a rappelé combien j'aimais mon métier avant de ficher cette vie en l'air. C'est à Victoria de diriger l'Académie, désormais. C'est une bonne enseignante, une bonne directrice, et tu as beaucoup à apprendre d'elle.

Victoria poursuivit :

— Isaac, vous savez que nous allons souvent faire appel à vous pour aider l'Académie. Lucy a raison, vous étiez un excellent juge.

Isaac sourit alors que Lucy et Victoria le reconduisaient en cellule.

En retournant aux festivités, Victoria demanda à Lucy :

— Pourquoi n'as-tu pas participé au spectacle ? Je t'ai vue chasser ; tu es impressionnante.

— Je vais auditionner l'an prochain. Je peux encore progresser et je suis heureuse de rester à l'Académie. Peut-être que ce sera le moment pour moi de partir à la chasse à la récompense.

Lucy était ravie de voir tous ses amis à la fête après le spectacle. Phoebe, Jane, Maya, Debbie et Adam la prirent à part.

— Nous avons quelque chose pour toi, dit Maya.

— Quoi ?!

Lucy n'arrivait pas à imaginer ce qu'ils allaient lui donner.

Adam lui tendit des fioles de potions. Jane lui donna un chaudron. Phoebe lui offrit quelques torches.

Maya lui passa des planches et de nombreux outils de construction. Debbie lui donna des flèches et une épée en pierre.

Phoebe dit alors :

— Nous voulions t'aider à réapprovisionner ton inventaire.

Lucy était sans voix.

— Merci ! finit-elle par répondre, ravie.

Avec un inventaire bien rempli et de bons amis, elle était prête pour une nouvelle aventure.

Pour l'éditeur, le principe est d'utiliser des papiers composés de fibres naturelles, renouvelables, recyclables et fabriquées à partir de bois issus de forêts qui adoptent un système d'aménagement durable. En outre, l'éditeur attend de ses fournisseurs de papier qu'ils s'inscrivent dans une démarche de certification environnementale reconnue.

PAPIER À BASE DE
FIBRES CERTIFIÉES

hachette s'engage pour l'environnement en réduisant l'empreinte carbone de ses livres. Celle de cet exemplaire est de : 200 g éq. CO_2
Rendez-vous sur www.hachette-durable.fr

Composition et mise en page
Nord Compo à Villeneuve-d'Ascq

Imprimé en Espagne par Rodesa
Dépôt légal 1re publication : novembre 2016
59.5520.2 – ISBN 978-2-01-700719-7
Édition 01 : novembre 2016